Alex im Bel Air

Merle Stein

Alex im Bel Air

Bibliografische Information der Deutschen Nationalbibliothek:
Die Deutsche Nationalbibliothek verzeichnet diese Publikation in der
Deutschen Nationalbibliografie;
detaillierte bibliografische Daten sind im Internet über
http://dnb.d-nb.de abrufbar.

© 2014 Merle Stein
Satz, Umschlaggestaltung, Herstellung und Verlag: BoD- Books on
Demand
ISBN: 978-3-7386-6287-0

Inhalt

Ein paar entspannte Tage

Er hatte wieder Heimatboden unter den Füßen. Er war wieder zurück, diesmal wahrscheinlich für immer. Die vertraute Landschaft bot sich nach Passieren der Grenze seinen Blicken dar und ein zufriedenes Gefühl übermannte ihn. Alexander war ein Weltenbummler. Einer, der seine Freiheit liebte. Einer, den es nie lange an einem Ort hielt. Alex war aber auch einer, der sich mit ganzem Herzen seiner Heimat Luxemburg verbunden fühlte.

Seine kleine Wohnung in Hamburg, der Stadt, an der er großes Wohlgefallen hatte, hatte er in den vergangenen Tagen aufgelöst. Er hatte beschlossen wieder im Land seiner Kindheit und Jugend Fuß zu fassen. Vorerst aber würde er Ferien machen, lange, wohlverdiente Ferien und diese in vollen Zügen genießen. Hierfür war seine Wahl auf das »Hotel Bel Air« in Echternach gefallen. Ihm war zu Ohren gekommen, dies sei der ideale Ort, die Seele so richtig baumeln zu lassen. Das Hotel lag etwas außerhalb des Städtchens abgeschieden im Grünen. Umgeben von einer schönen Parkanlage und in einem Waldstück war es eine Oase der Entspannung. Nach der kleinen Erholungspause wollte er sich dann nach einem geeigneten Wohnsitz umschauen. Zwischendurch konnte er bei seiner Tante, bei der er aufgewachsen war, wohnen.

Bester Laune summte er vor sich hin. Nur noch wenige Kilometer trennten ihn von seinem Ziel. Er fuhr durch die kleine Abteistadt, in der zu dieser Tageszeit reger Verkehr herrschte. Nach einem letzten Blick auf die Sauer, die sich in ihrem Bett in sanftem Bogen ihren Weg durch die Wiesen bahnte, bog er nach links ab Richtung Berdorf. Unvermittelt tauchte, gut verborgen zwischen ausladenden Bäumen, das »Bel Air« vor seinen Augen auf. Eine leichte Müdigkeit überfiel ihn. Angekommen! Tessa kam ihm in den Sinn. Tessa, seine gute treue Freundin aus der Jugendzeit. Sie wusste nichts von seinem Kommen, seinen Plänen. Das sollte eine Überraschung werden. Tessa, das war klar, würde er als Erste anrufen.

Ein paar Stunden nach seiner Ankunft legte Alex die Zeitung zur Seite und betrachtete im Foyer die Gäste des »Bel Air«. Hinten in der Ecke versuchte ein junges Paar seine lebhaften Zwillinge im Zaum zu halten, alle vier hatte er schon zuvor in der Schwimmhalle getroffen. An der Bar nahm ein gutaussehender älterer Herr seinen Drink, den der Barmann mit Professor anredete. Daneben genoss ein französisch sprechendes Paar seine Cocktails, an einem Tisch nahe der Bar hatten vier Asiaten Platz genommen und vorne, neben der Tür, saß eine attraktive Rothaarige mit großer Sonnenbrille allein vor einem Kaffee. Ihr Alter war schwer zu schätzen.

Seine Gedanken wurden durch ein freundliches »Guten Abend, dürfen wir uns zu Ihnen setzen?« unterbrochen.

»Aber gerne.« Alex lächelte. Er erhob sich höflich, rückte der Dame mittleren Alters, die ihn angesprochen hatte, den Sessel zurecht und stellte sich vor: »Alex Möller.«

»Angenehm. Rose Varell«, erwiderte diese. »Darf ich vorstellen: meine Freundinnen Emma van Steeden und Ulla Heinz.«

»Stören wir auch nicht?«, wollte Frau van Steeden wissen.

»Aber nein, wie könnten drei so nette Damen mich stören?«, entgegnete Alex.

»Sie sind aber ein Charmeur«, sagte Ulla mit einem schelmischen Lächeln.

Die Frauen bestellten Cocktails und plauderten munter drauflos. Alex tat, als vertiefe er sich wieder in seine Zeitung, hörte aber dem Geplapper interessiert zu. Die Damen schienen seit gestern hier zu sein und versuchten offensichtlich den Ablauf des morgigen Tages zu planen. Rose Varell wandte sich wieder Alex zu: »Junger Mann, sind Sie schon länger hier? Haben Sie vielleicht ein paar Tipps, was es hier so an Sehenswertem zu entdecken gibt?«

»Aber Rose, bitte!«, maßregelte Ulla ihre Freundin. »Belästige den Herrn doch nicht dauernd.«

Alex grinste. »Belästigt fühle ich mich überhaupt nicht! Und um Ihre Frage zu beantworten: Ich bin heute erst hier angekommen. Da ich Luxemburger bin, wäre es mir eine Ehre, Ihnen die schönen Seiten meines Heimatlandes zu zeigen.«

»Oh, ein Einheimischer!« Rose klatschte begeistert in ihre Hände. Irgendwie erinnerten ihn die drei an die »Golden Girls« aus der TV-Serie, die seine Tante immer so gerne sah. Da fehlte nur noch die alte Mutter aus der Sitcom, die das agile Freundinnentrio in jeder Folge regelmäßig aufmischte.

»Und was verschlägt Sie als Einheimischer in dieses Hotel, wenn ich mir die Frage erlauben darf?«, fragte Rose weiter.

»Ferien. Ich mache Ferien. Ich habe eben meinen Haushalt in Hamburg aufgelöst, wo ich lange Zeit gelebt habe. Normalerweise wohne ich, wenn ich im Lande bin, bei meiner Tante Milla in Esch/Alzette, im Süden unseres schönen Landes. Aber augenblicklich ist sie nicht zu Hause. Sie kreuzt mit der ›MS-Deutschland‹ durchs Mittelmeer. So kam mir die Idee, eine Weile in unserer reizenden ›Kleinen Luxemburger Schweiz‹ auszuspannen.«

Doch der Wissensdurst von Rose war noch nicht gestillt: »Was machen Sie denn beruflich?«, fragte sie.

»Rose!« Ullas Stimme klang ärgerlich, aber Rose ließ sich nicht beirren.

»Neugierig? Bin ich das?«

Alex lachte belustigt: »Nein, nein, das finde ich nicht! Fragen Sie ruhig. Ich bin ein Reisender, ein Vagabund, ich schreibe Reportagen, Reiseberichte und alle möglichen Geschichten für Magazine und Zeitschriften, auch die eine oder andere Kurzgeschichte habe ich schon veröffentlicht. Freiberuflich. Mein Traum war, so viel wie möglich von der Welt zu sehen. Und den habe ich mir erfüllt. Bevor Sie jetzt weiterfragen: Nein, ich bin nicht verheiratet. Nein, ich habe auch keine Kinder, weil ich eben ein Lotterleben führen will. Aber nun erlauben Sie mir, Ihnen auch eine Frage zu stellen, aus welcher Ecke Deutschlands kommen Sie denn?«

»Ulla und ich«, verriet Rose, »kommen aus Bremen, Emma aus Hamburg, wir sind alle drei ohne Anhang. Wir nagen nicht am Hungertuch, wissen Sie, und wollen den Rest unseres Lebens so richtig genießen.«

»Rose macht Sie noch verrückt mit ihrem Gerede«, meldete sich Frau van Steeden zu Wort, eine hochgewachsene, sehr elegante, aber zurückhaltende Person. »Wir sollten uns so langsam erheben und zu Tisch gehen«, forderte sie ihre Begleiterinnen auf. Und an Alex gewandt fügte sie hinzu: »Hat uns sehr gefreut, Sie kennenzulernen.«

Alex versprach, sich nach dem Abendessen mit ihnen zu treffen und ihnen dann einige Tipps für Ausflüge in die Umgebung zu unterbreiten.

»Sicher lernen wir uns bei dieser Gelegenheit noch ein wenig besser kennen«, fügte Rose augenzwinkernd hinzu.

Alex schaute den Damen hinterher und fragte sich, ob die distinguierte Emma van Steeden die Frau des gleichnamigen vor einigen Jahren verstorbenen Multimillionärs van Steeden aus Hamburg sei. Naheliegend wäre es schon, in diesem Fall wäre sie eine unverschämt reiche Frau. Ihr Mann wäre dann aber sehr viel älter als sie gewesen. Aber das war ja nicht selten in diesen Kreisen. Doch das würde er bestimmt noch alles bei passender Gelegenheit erfahren. Die Rothaarige am Einzeltisch hatte inzwischen ihren Kaffee ausgetrunken und erhob sich nun auch, nickte ihm leicht zu und stelzte auf sehr hohen Stöckelschuhen Richtung Speisesaal davon. Zu dem französisch sprechenden Paar hatte sich vor geraumer Zeit noch ein kleiner alter Herr gesellt, der Vater der Frau, wie Alex dem lebhaft geführten Gespräch der drei entnehmen konnte. Im selben Augenblick, als Alex dem Kellner ein Zeichen zum Bezahlen gab, betrat ein neuer Gast grüßend das Foyer. Dieses Gesicht kam Alex bekannt vor, ohne dass er es gleich zuordnen konnte. Wer war dieser Mann?

Die Damen saßen in der Piano-Bar. Rose winkte Alex zu, als er den Raum betrat. Dieser ging dann auch zielstrebig auf den Tisch der drei Freundinnen zu. »Darf ich?«

»Aber klar, sehr gerne sogar.«

Man plauderte angeregt über Gott und die Welt und war schon längst beim Du und bei den Vornamen angelangt, als Alex spontan entschied mit dem Dreiergespann am folgenden Tag nach Luxemburg-Stadt zu fahren und den Damen »d'Stad«, wie die Luxemburger ihre Hauptstadt nennen, zu zeigen. Die Frauen waren begeistert.

Alex ahnte schon, dass sein Vorsatz, im »Bel Air« vor allem Ruhe und Entspannung zu finden, nur ein Vorsatz bleiben würde. Er wusste nicht wieso, aber er hatte auf einmal das sonderbare Gefühl, dass diese Ferien sehr aufregend verlaufen würden. Es war seltsam, aber er hatte die drei Damen in dieser kurzen Zeit schon in sein Herz geschlossen. Sicherlich würden sie viel Spaß zusammen haben.

Bald beteiligte sich auch eine ältere, elegante weißhaarige Dame vom Nachbartisch an ihrer Unterhaltung. Sie stellte sich als Madame Deprieux vor und verriet ihren neuen Bekannten, schon seit Jugendjahren Luxemburg gut zu kennen. Ihre Ferien verbrachte sie häufig im »Bel Air«. Das Hotel, dessen Geschichte und Entwicklung, all das war ihr bestens bekannt. Sie war des Lobes voll für die Gastlichkeit des Hauses, besonders für Küche und Personal. Alex musterte die Erzählerin, die sehr teuren Schmuck trug und ausgezeichnet deutsch sprach. Er kam zu der Überzeugung, dass er es hier mit vielen reichen Leuten zu tun hatte. Allem Anschein nach residierte in diesem Haus nur ein einziger armer Schlucker, und das war seine Wenigkeit. Wie sie im Laufe des Abends erfuhren, war Madame Deprieux unverheiratet und kinderlos, leitete das Famillienunternehmen, das aus diversen Firmen bestand und wohnte in einer der teuersten Gegenden von Paris.

Zu später Stunde gesellte sich Professor Lannert noch zu ihnen. Der Professor stammte aus Ettelbrück im Kanton Diekirch. Er erwies sich als ein blendender Unterhalter der Damenrunde und Alex nutzte die Gelegenheit, um sich zurückzuziehen.

Tessa hatte er telefonisch bislang noch nicht erreicht, hatte aber eine Nachricht auf ihrem Anrufbeantworter hinterlassen. Bis jetzt war jedoch kein Rückruf erfolgt.

Am nächsten Morgen saß Alex wartend in der Bibliothek. Doch die Damen ließen sich zur verabredeten Zeit nicht blicken. Hatte er sich im Termin geirrt? Plötzlich horchte er auf und vernahm Kindergebrüll. Das Zwillingspärchen kam schreiend in die Bibliothek gestürmt. Als der Junge Alex erblickte, forderte er ihn aufgeregt auf: »Hilfe! Der Hund, der Hund! Schnell, bitte kommen Sie mit! Im Flur hängt der Hund!« Schrecken stand in ihren Augen. Das Mädchen weinte erbärmlich, der Junge versuchte verzweifelt Haltung zu wahren. Im selben Moment gellte ein Schrei durchs Haus. Der Rezeptionist stürmte die Treppe hoch und Alex beeilte sich zu folgen. Tatsächlich, mitten im Flur der ersten Etage, an einem Haken an der Decke aufgeknüpft, baumelte der kleine weiße Hund von Madame Deprieux. Sein Maul war vollgestopft mit Geld. Alex bückte sich, um einen am Boden liegenden Zettel aufzuheben. Darauf war zu lesen: »Als Nächste bist Du dran. Auch Du wirst eines Tages an Deinem Geld ersticken!« Alex reichte dem Rezeptionisten den Zettel und sagte: »Ich denke, Sie sollten die Polizei informieren.« Das Zimmermädchen, das den markerschütternden Schrei ausgestoßen hatte, stand jetzt sprachlos da wie zu einer Salzsäule erstarrt.

Marie Deprieux war, vom Frühstück kommend, inzwischen auch hinzugetreten, zeigte aber keine großen Emotionen und keinerlei Aufregung. Sie stellte nur die eine Frage: »Wie konnte jemand in mein Zimmer gelangen? Der Hund war dort eingeschlossen.« Der Direktor, der inzwischen herbeigeeilt war, versuchte sein Bestes, um die verworrene Situation in den Griff zu bekommen und die kleine Menschentraube, die sich inzwischen um den armen Hund gebildet hatte, zu beruhigen. »Ich werde alles daransetzen, um die Sache aufzuklären!«, versicherte er. Alex machte schnell ein paar Fotos mit seinem Handy und trat dann den Rückweg Richtung Treppe an. Dort stand inzwischen neugierig wartend sein Damentrio.

»Was ist passiert?«, wollte Ulla wissen.

»Haben wir etwas verpasst?«, krächzte Rose aufgeregt.

Alex erzählte ihnen alles auf dem Weg zu seinem Wagen.

»Welches Monster tut denn so etwas? Und den Rachen voll Geld hatte das unschuldige Tier? Und dieser unheimliche Zettel! Alex, das ist ja mehr als beängstigend. Die arme Frau! Und stellt euch vor, dieser Unmensch weilt wahrscheinlich noch unter uns und kann jeden Moment wieder zuschlagen. Vielleicht ist es ein Neider, der es auf Leute mit Geld abgesehen hat …«

»Rose«, unterbrach Emma van Steeden den Wortschwall ihrer Freundin, »deine Fantasie geht wieder einmal mit dir durch!«

»Emma, du nimmst mich nie ernst«, ereiferte sich ihre Vertraute, »aber du wirst schon sehen, das ist noch lange nicht das Ende der Geschichte. Sie beginnt erst.«

Ulla beschwichtigte die beiden Kontrahentinnen: »Rose hat recht, komisch ist das alles schon. Dieser Zettel ist doch eine offene Drohung! Was hat der Verfasser gegen die Deprieux? Ich fand diese ältere Dame gestern Abend sehr nett. Die Frage, die wir uns aber stellen sollten, lautet: Wer tut so etwas? Und warum tut jemand so etwas?«

»Nette ältere Dame? Hm …«, grummelte Emma. Aber niemand schenkte im allgemeinen Aufbruch ihrer leisen Bemerkung Aufmerksamkeit.

Ein netter Stadtbummel

Nach einer halbstündigen Fahrt war das Ziel erreicht. Alex parkte im »Parking Knuedler«, einem unterirdischen Parkhaus unter dem »Knuedler«, wie der Volksmund den Marktplatz der Stadt nannte. Von dort aus dirigierte er sein Kleeblatt Richtung Palast, zum »Palais«, wie der Luxemburger sagt.

»Hier sind wir mitten im Altstadtviertel«, begann Alex seine kleine Stadtführung. »Das ›Palais‹ ist die Stadtresidenz der großherzoglichen Familie. Ihr eigentliches Domizil ist aber das Schloss in Colmar-Berg. Und wenn ihr euch nach rechts wendet, seht ihr dort die Abgeordnetenkammer.«

Die Damen waren beeindruckt. Das »Palais«, ein prachtvolles Gebäude, bildete den architektonischen Höhepunkt inmitten der umliegenden Häuser.

»1572 wurde das ›Palais‹ im Renaissancestil als Rathaus errichtet«, fuhr Alex im Stil eines Touristenführers mit seinen Erläuterungen fort. »Der rechte Flügel wurde 1741 im Barockstil angefügt, die Abgeordnetenkammer 1859. Seit 1890 fungiert das Hauptgebäude als ›Palais‹. 1891–1894 fand der Umbau statt, 1992–1995 erfolgte eine vollständige Renovierung.«

Die Frauen machten viele Fotos, besonders angetan waren sie von dem schmucken Soldaten, der vor der großherzoglichen Residenz auf und ab schritt, ohne auch nur eine Miene zu verziehen.

»Daran, dass nur ein Soldat vor dem ›Palais‹ patrouilliert«, erklärte Alex, »erkennt man, dass die großherzogliche Familie sich momentan nicht in der Stadt, sondern in Colmar-Berg aufhält. Wenn zwei Soldaten Ehrenwache halten, sind die Herrschaften anwesend, dann weht auch die Fahne auf dem ›Palais‹. Und nun könnt ihr entscheiden, ob wir jetzt über die ›Corniche‹ spazieren, die ›Kasematten‹ besuchen oder die Kathedrale besichtigen.«

»Kathedrale!«, riefen alle drei fast gleichzeitig aus.

Alex deutete auf ein Haus auf der gegenüberliegenden Seite des »Palais«. »Anschließend lade ich euch noch ins ›Chocolate House‹ ein – auf das dickste Stück Kuchen, das ihr jemals gegessen habt.«

Sie marschierten Richtung Kathedrale. »Dies ist ein römisch-katholisches Gotteshaus«, brachte Alex sein Wissen seinem aufmerksamen Publikum nahe. »Spätgotik. Besitzt aber auch Elemente und Verzierungen im Renaissancestil. 1613 legten die Jesuiten den Grundstein. 1870 bekam die Kirche den Rang einer Kathedrale.« Sie betraten das Innere der Kathedrale. »Dies«, Alex deutete auf eine Marienstatue mit Jesuskind auf dem Arm, »ist die Trösterin der Betrübten. Die Statue ist 73 Zentimeter hoch und aus Lindenholz geschnitzt. 2008 konnte sie dank Spenden restauriert werden. Sie ist alljährlich der Mittelpunkt der Oktavewallfahrt und trägt dann ein edles Gewand. Sie ist unsere Schutzpatronin. Und seht her, sie trägt den vergoldeten Stadtschlüssel von 1667. 1624 wird sie zum ersten Mal erwähnt und 1749 wurde sie in der damaligen Jesuitenkirche aufgestellt.«

Ehrfürchtig wurde dann noch die prächtige Ausstattung in dem Gotteshaus bestaunt. Anschließend tauchten sie ins Gewühl der Stadt ein und ab da waren Corniche und Kasematten vergessen. Keine Sehenswürdigkeit konnte mehr mit dem Flair der schönen kleinen Geschäftsstraßen und den exquisiten Angeboten der Modeboutiquen wetteifern. Irgendwann am späten Nachmittag erreichte der kleine Zug, die Damen nun vollbeladen mit Paketen und Tüten, die Chocolaterie. Durch Zufall ergatterte das Quartett noch einen Platz auf der kleinen Außenterrasse. Alex hatte nicht übertrieben, was die Portionen in diesem Etablissement betraf. Während sie ihren Kuchen mit Genuss verschlangen, ihre heiße Schokolade tranken, hatten sie ihren Spaß beim Beobachten des Wachpostens gegenüber. Der musste, ohne auch nur die geringste Regung zu zeigen, das Fotografieren und die Zurufe der vielen Touristen über sich ergehen lassen.

Auf der Rückfahrt überquerten sie den »Pont Grand-Duchesse Charlotte«, im Volksmund »Rote Brücke« genannt, eine rote Stahlkonstruktion, die das Zentrum mit dem Europaviertel auf dem Kirchbergplateau verbindet. Das Bauwerk überspannt das Pfaffental. Emma wunderte sich über die hohe Schutzwand auf der Brücke und Alex erzählte, dass gerade diese Brücke, aus welchen Gründen auch immer, Selbstmörder magisch anzog. Die landeten dann zerschmettert auf den Dächern und in den Gärten der darunter stehenden Häuser. Um dies zu verhindern, sei 1990 diese Schutzwand errichtet worden. Sie erreichten den Kirchberg mit all seinen faszinierenden Bauten, eine total andere Welt als die Altstadt.

»Hier müsste man eine Tagestour einplanen, um alles Wichtige zu sehen«, stellte Alex fest, bevor er auf die Autobahn abbog. Emma wollte noch etwas über die Kasematten hören.

»Die Kasematten?«, sagte Alex. »Tja, was soll ich erzählen? Es gibt die Petruss- und die Bockkasematten. Die Petrusskasematten wurden 1903 geschlossen, 1933 aber wieder zugänglich gemacht. In Kriegen dienten sie als Schutzbunker. Noch heute sind viele Keller der Stadt mit den Zugängen der Kasematten verbunden. Die Bockkasematten waren ursprünglich 23 Kilometer lang. Nachdem etliche Gänge geschlossen wurden, bleiben noch 17 Kilometer. 1994 nahm die UNESCO sie in die Liste des Weltkulturerbes auf.«

»Wie gut du über alles Bescheid weißt«, schmeichelte Rose

»Wozu gibt es denn Internet und Reiseführer? Ich habe mich die ganze vorige Nacht auf diesen Ausflug vorbereitet«, erwiderte Alex schelmisch. »Hoffentlich stimmt auch alles, was ich euch hier verklickere!«

»Das Schloss Vianden würde ich mir sehr gern einmal ansehen«, meldete sich Emma vom Rücksitz. »Ich habe gelesen, es sei eines der schönsten Europas.«

»Ob dem so ist, weiß ich nicht. Aber schön ist es auf alle Fälle. Die Renovierung und der Ausbau haben sich über Jahre hingezogen. Ich selbst war schon einige Jahre nicht mehr dort.«

»Wie alt ist dieses Schloss?«

»Es stammt aus dem 11. Jahrhundert und gehörte dem Grafen von Vianden«, erzählte Alex. Er bog von der Hauptstraße, auf der sie inzwischen waren, Richtung Consdorf, Berdorf ab. »Noch ein Stück durch den Wald und wir sind zu Hause. Wandern müssen wir auch einmal gemeinsam. Mädels, das ist eine tolle Gegend, die ›Kleine Luxemburger Schweiz‹. Die zerklüftete Felslandschaft ist absolut sehenswert! Und wenn ihr drei ganz lieb zu mir seid, nehme ich euch mit nach Ernzen. Auf der deutschen Seite des Sauertals steht dort oben im Wald auf den Felsen die Liboriuskapelle, von der man einen atemberaubenden Blick über Echternach hat. Da könnt ihr Fotos schießen, so viel ihr wollt.«

»Du bist ein wahrer Schatz«, stellte Rose fest.

Inzwischen waren sie beim Hotel angelangt und rollten auf den Parkplatz, der fast vollständig belegt war. Die Damen bedankten sich und Rose drückte Alex einen dicken Schmatzer auf die Wange.

»Vielen, vielen Dank. So ein schöner Tag war das!«

Alex wurde ganz warm ums Herz.

Als Alex den dreien hinterherging, traf er vor dem Eingang des Hotels den Professor auf einer Bank sitzend und genüsslich an seiner Pfeife ziehend.

»Sie waren ausgeflogen, als die Polizei kam«, stellte er fest.

»Ja, ich habe mit Frau Varell, Frau Heinz und Frau van Steeden wie versprochen einen Ausflug nach Luxemburg-Stadt unternommen. Der Direktor des Hauses hat mich schon heute Morgen informiert, dass wir uns morgen, zwecks Zeugenaussage, bei der Polizei melden sollten.«

»Finden Sie diese ganze Geschichte nicht äußerst merkwürdig?«, fragte Professor Lannert.

»In der Tat.«

»Bekamen Sie Ihren Aufenthalt hier auch geschenkt?«

»Wie – geschenkt?«, fragte Alex erstaunt.

»Bei der polizeilichen Befragung stellte sich heraus, dass verschiedene Gäste, die im Hotel logieren, einer Einladung von Mister Unbekannt gefolgt sind, der ihren Aufenthalt hier bezahlt.«

»Das müssen Sie mir genauer erklären. Ist das ein Scherz?«

»Kein Scherz, aber mehr weiß ich auch nicht. Die Eltern der Zwillinge erzählten mir dies. Sie gehören auch zu den von Mister Unbekannt Eingeladenen. Das Paar ist äußerst aufgeregt und besorgt.«

»Besorgt? Weswegen?«

»Ich weiß es nicht. Ich gebe nur wieder, was ich hörte. Aber jetzt mal zu erfreulicheren Dingen, wie war Ihr Ausflug? Hatten Sie einen angenehmen Tag?«

»Ja, ja, ich hoffe, es gefiel den Damen genauso gut wie mir. Allerdings müssen wir die Tour in die Hauptstadt wohl noch einmal wiederholen. Als die Frauen nämlich die Geschäftsstraßen der Stadt entdeckten, waren alle ihre kulturellen Interessen plötzlich vergessen. Da haben sie zugeschlagen und sich selbst und der Luxemburger Geschäftswelt Gutes getan.«

Der Professor ließ ein vergnügtes Lachen hören. »Das kann ich mir lebhaft vorstellen.«

Im selben Moment fuhr ein Auto mehrmals hupend in Richtung Parkplatz dicht an ihnen vorbei.

»Das war wohl eher für Sie als für mich«, kommentierte der Professor. »Also dann, wir sehen uns sicher noch.«

Alex' Herz schlug schneller. Das war unverkennbar Tessas roter Mini. Er lief freudig dem Auto hinterher und war bei ihr, als sie dem Wagen entstieg.

»Alex, welche Überraschung!«, rief Tessa, ihn umarmend. »Mein Handy lag bei einer Freundin, ich habe es eben erst abgeholt und deine Nachricht auf der Mailbox mit Verspätung gehört. Natürlich musste ich sofort zu dir. Was treibst du hier?«

Alex drückte sie noch einmal herzlich an sich. »Ich freue mich so, dich zu sehen. Gut schaust du aus! Eine neue Frisur? Komm, gehen wir auf die Terrasse und trinken eine kühle Limonade. Ich komme eben erst mit meinen drei neuen Verehrerinnen aus der Stadt zurück.«

»Gleich drei auf einen Schlag? Sind sie hübsch und muss ich mich sorgen?«

»Hübsch ja. Aber zusammengerechnet haben sie ein fast biblisches Alter! Sorgen machen musst du dir also nicht.«

»Dann ist ja alles gut. Vielleicht lerne ich sie ja einmal kennen.«

Sie bestellten ihre Getränke. Alex lud Tessa zum Abendessen ein, was diese aber bedauernd ablehnen musste, da sie noch eine Verabredung hatte. Sie plauderten über alte und neue Zeiten, tauschten allerletzte Neuigkeiten aus. Tessas Überraschung war groß als sie von Alex' Vorhaben, in Luxemburg zu bleiben, und von seinen weiteren Plänen erfuhr.

»Du willst was? Hier im Echternacher Lyzeum unterrichten? Nee … sag, dass das nicht wahr ist! Du und sesshaft werden? Geregelte Arbeitszeiten einhalten? Ist das tatsächlich dein Ernst?«

Alex versicherte ihr, das sei nicht nur sein voller Ernst, sondern er könne schon, nach den Sommerferien, die Stellung antreten. Unterrichte Deutsch und Geschichte. Tessa staunte nur noch. Sie selbst war mit Leib und Seele Grundschullehrerin. Aber Alex als Lehrer, das übertraf ihre Vorstellungskraft. Doch sie freute sich, ihren Freund in Zukunft in der Nähe zu haben.

»Tessa, hättest du Lust, einmal mit uns vieren zu wandern?«

»Mit dir und deinen Herzdamen? Klar, sag Bescheid wann, dann bin ich an Ort und Stelle. Aber nun muss ich weg.«

Eine merkwürdige Unterhaltung

Alex begleitete sie noch zu ihrem Wagen und ging dann frohgelaunt ins Haus zurück. Bevor er aufs Zimmer ging, wollte er aber noch einen Blick in die Zeitung werfen. Wenn er hier wieder sesshaft werden wollte, musste er sich schließlich auf den neuesten Stand bringen, was Politik und Wirtschaft seines Landes betraf. Und morgen durfte er nicht vergessen zur Polizei zu fahren, um seine Aussage zu machen. In der Bibliothek machte er es sich in einer abgelegenen Ecke auf einem wuchtigen Sofa, mit dem Rücken zur Tür, gemütlich. Irgendwann hörte er jemand den Raum betreten und vernahm, noch bevor er sich umdrehen konnte, die unverkennbare, etwas rauchige Stimme der Rothaarigen, die sich ihm eingeprägt hatte, als er zufällig ein Gespräch zwischen ihr und dem Rezeptionisten mitangehört hatte. Alex wusste inzwischen von den Frauen auch, dass ihr Name Cassandra Abigail lautete.

»Schön, Sie hier anzutreffen.«

Alex fühlte sich angesprochen, bemerkte aber gerade noch rechtzeitig, dass sich noch eine dritte Person im Raum befinden musste. War er zwischenzeitlich eingedöst und hatte deshalb nicht mitbekommen, dass sich noch jemand in die Bibliothek zurückgezogen hatte? Offensichtlich war auch er hinter der hohen Lehne des Sofas unbemerkt geblieben. Instinktiv verhielt er sich still.

»Das ideale Timing für einen netten Plausch«, hörte er die Rothaarige sagen. »Eine gute Gelegenheit, der Wahrheit auf die Spur zu kommen.«

Die Stimme der anderen Person verriet ihm, dass es sich um Marie Deprieux handelte. Diese erwiderte erstaunt: »Wie bitte? Ich verstehe nicht!«

»Nein? Dann muss ich wohl etwas deutlicher werden. Doch vorab: Wie hätten Sie es lieber? Soll ich Sie mit Mutter oder mit Tante anreden?«

Automatisch rutschte Alex tiefer in die Polster. Nun wollte er erst recht nicht, dass die Frauen seine Anwesenheit bemerkten.

»Tante, Mutter? Was soll das? Was reden Sie da? Sind Sie irre oder etwa betrunken?«

»Weder, noch! Sie erinnern sich nicht? Wie sollten Sie auch! Sie haben ja alles dafür getan, die Erinnerung an mich auszulöschen. Dann will ich mich Ihnen mal vorstellen, gestatten, Cassandra Abigail. Der Sohn, den Sie geboren haben, der Sohn, den sie verleugneten, Ihr kleiner Junge, den Ihre Kusine May in Amerika großzog.«

»Abigail?«, stöhnte die andere.

»Ah, ich sehe, die Erinnerungen kommen wieder. Ja, Abigail ist mein Name! Früher Case Abigail.«

Alex bemerkte ein leichtes Flattern in Marie Deprieux' Stimme, als diese antwortete: »Was wollen Sie? Wovon reden Sie? Ich habe keinen Sohn. Habe keine Kinder, hatte nie Kinder.«

»Du wolltest vielleicht nie welche, aber sieh, ich bin doch da, stehe vor dir. Ich, dein eigen Fleisch und Blut. Sieh mich doch an, Mutter!«

Cassandras schneidende Stimme und ihr feindseliger Unterton ließen Alex frösteln. Hoffentlich blieb er weiter unentdeckt. Die Stille im Raum wirkte bedrohlich. Wahrscheinlich starrten sich die beiden nun gegenseitig an. Alex wagte kaum zu atmen. Er spürte eine unerklärliche Angst in sich aufsteigen. Er wischte sie weg, denn was ging ihn die ganze Sache an, was hatte er mit den Familiengeheimnissen anderer Leute zu schaffen!

»Sie müssen nichts leugnen. Ich weiß es! Und ich kann es beweisen«, unterbrach Cassandras Stimme die unheimliche Stille.

»Sie sind tatsächlich verrückt! Sie machen mir so langsam Angst. Sie behaupten, mein Sohn zu sein, und sind aber, wie jeder auf den ersten Blick sehen kann, eine Frau. Ich werde jetzt den Direktor rufen.«

»Tun Sie das. Meine Identität wird er schnell bestätigen. Ins Anmeldeformular des Hotels habe ich das eingetragen, was in meinen Papieren steht. Und die weisen mich als Case Abigail aus, als Mann! Und was meine unübersehbaren weiblichen Attribute betrifft: Haben Sie noch nie etwas von der Möglichkeit einer Geschlechtsumwandlung gehört? Falls Sie diese letzte Gewissheit jedoch brauchen: Machen wir doch einen DNA-Test, dann wird sich herausstellen, was es mit meiner angeblichen Verrücktheit auf sich hat. Dann haben Sie den Beweis. Ihre Kusine gab mich als ihren Sohn aus, nachdem Sie mich geboren hatten. Ich passte nicht in Ihr Leben. Und Sie erkauften mit einer monatlichen Summe May Abigails Schweigen.«

»Sie sind … waren Sie das etwa mit meinem Hund?«

»Nein, ein Tier würde ich nicht für Ihre Sünden büßen lassen. Ich will nur die Wahrheit herausfinden, will wissen, warum sie mich verleugnen. Ich möchte meine Wurzeln und den Namen meines Vaters kennenlernen. Mehr will ich von Ihnen nicht. Haben Sie sich eigentlich in all den Jahren nie gefragt, was aus diesem –Ihrem – Kind wurde?«

»Nun hören Sie mir mal gut zu und lassen sich Folgendes erklären, bevor ich die Geduld verliere. Ich bin zwar niemand Rechenschaft schuldig, aber noch einmal: Ich bin kinderlos! Hatte nie einen Sohn. Schon gar keinen wie …« Marie Deprieux kam ins Stocken.

»Wie mich?«, vollendete Cassandra den Satz.

»Ja, genau!«, erwiderte die Deprieux. »Und ich will nun keine weiteren Belästigungen mehr, sonst zeige ich Sie an. Ach, scheren Sie sich doch ganz einfach zum Teufel.«

»Interessante Aufforderung! Wollen Sie tatsächlich behaupten, den Namen Abigail nie gehört zu haben?«

»Ich kenne sehr wohl diesen Namen. Es ist der Name meiner Kusine. Und das ist auch das Einzige, was an dieser absurden Geschichte stimmt«, erwiderte die Deprieux nun sehr verärgert. Am Geräusch raschelnder Kleidung hörte Alex, dass sie sich erhob.

»Nicht so eilig. Ich möchte Ihnen, bevor Sie gehen, noch etwas zeigen.«

Beide schienen stehen zu bleiben. Und dann hörte Alex etwas, das wie das Schnappen eines aufklappenden Deckels klang. Im selben Augenblick stieß Madame Deprieux einen spitzen Schrei aus. »Woher haben Sie das?«

»Sie erkennen es?«

»Sie sind Mays Sohn?«

»Nein, ich bin Ihr Sohn.«

»Hören Sie endlich mit diesem Unsinn auf. Wie ich schon sagte, ich habe keine Kinder. Aber meine Kusine May hatte in der Tat einen unehelichen Sohn. Aber ich bestehe nun darauf, dass Sie mir sagen, wie Sie in den Besitz dieses Kästchen gelangten.«

»Sie bestehen darauf?! Liebe Mutter, Sie reden sich um Kopf und Kragen«, Cassandras Stimme wurde lauter und erregter.

»Gehen Sie mir aus den Augen!«, schrie die Deprieux aufgebracht, schlug mit ihrem Gehstock gegen irgendeinen Tisch und entfernte sich. Alex hörte Cassandras spöttisches Lachen, dann war Stille. Ob die Rothaarige den Raum auch verlassen hatte? Alex blieb noch eine Weile still in seinem Sofa sitzen, rappelte sich dann hoch und lugte vorsichtig über die Lehne. Er war allein! Er spürte Schweißperlen auf seiner Stirn. Ihm rauschte der Kopf. War das ein Ding! Dieses sexy Weib Cassandra war früher ein Mann! Bis zu dem Moment, als die Schachtel aufschnappte und Marie Deprieux aufschrie, dachte er, sie sei tatsächlich total durchgeknallt. Aber dann schlug die Stimmung schlagartig um. Die Deprieux wusste genau, um was es ging. Dessen war er sich sicher. Was bedeutete dies alles? Welch ein Durcheinander! Und hatte es etwas mit dem Tod des Hundes von Frau Deprieux zu tun? Beim Hinausgehen fragte er sich, ob er dies alles nicht vielleicht geträumt habe. Er warf einen Blick auf seine Armbanduhr. Es war 20.35 Uhr.

Das im Verborgenen Gehörte machte ihm zu schaffen und verdarb ihm den Appetit. Essen musste er aber etwas. Sein Magen rebellierte sonst. Nach dem Kuchen am Nachmittag hatte er nichts mehr zu sich genommen. Sollte er sich erst frisch machen und sich noch einmal umziehen? Nein, er würde so gehen, wie er war, sein Magen knurrte.

Er betrat den Speiseraum, der so gut wie leer war, da viele Gäste den herrlichen Sommerabend genießen wollten und ihr Abendessen auf der schönen, mit reichlich Blumen geschmückten Terrasse einnahmen. So begab er sich auch nach draußen. Rose winkte ihm zu, als sie ihn erblickte, und forderte ihn auf, sich mit an ihren Tisch zu setzen.

»Wo bleiben Sie denn?«, rief Rose. »Wir haben uns schon Sorgen gemacht. Sie waren wie vom Erdboden verschluckt. Ich hatte auf einmal die Befürchtung, Sie könnten sich etwas angetan haben, weil der Tag mit uns über Ihre Kräfte ging.«

Alex lachte herzhaft über Roses Bemerkung und erzählte, dass seine Freundin Tessa ihn kurz besucht hatte. Anschließend schilderte er den Damen das soeben unfreiwillig belauschte eigenartige Gespräch.

»Wahnsinn!«, entfuhr es Ulla. »Mensch, was an diesem idyllischen Ort hier doch für aufsehenerregende Sachen passieren! Erst wird der Hund von Frau Deprieux getötet und jetzt diese Geschichte. Wahnsinn!«, wiederholte sie.

»Ich ahnte es«, murmelte Emma, »diese Deprieux hat es faustdick hinter den Ohren.«

»Wie meinst du das?«, wollte Rose von ihr wissen. »Die Frau hat doch gestern Abend einen ganz netten Eindruck gemacht.«

»Ach, ich kann's nicht erklären. Aber ganz wohl war mir in ihrer Gesellschaft nicht. Nur ein Gefühl! Aber jetzt lasst uns essen, reden können wir später. Übrigens, habt ihr schon gesehen? Liam O'Connor ist im Hotel.«

Alex schlug mit der Hand auf den Tisch: »Liam O'Connor! In der Tat! Und ich Blödmann laufe ihm über den Weg und erkenne ihn nicht!«

»Wer ist Liam O'Connor?«, wollte Rose wissen.

»Ein sehr bekannter Pianist, Rosilein.«

»Ah ja? Nie was von ihm gehört. Kenne den Mann nicht. Aber wahrscheinlich kennt er mich auch nicht!«

»Oh Rose«, lachte Emma, »du bist unmöglich. Liest du keine Zeitungen?«

Rose zuckte die Achseln und meinte: »Eigentlich interessiert mich an einer Zeitung nur das Kreuzworträtsel. Vielleicht gibt euer Starpianist ja ein Konzert hier in der Gegend«, vermutete sie.

»Möglich«, bestätigte Alex, »aber in der Lokalzeitung stand nichts davon.«

Nach dem wohlschmeckenden Nachtisch, einer kalorienreichen Mousse au Chocolat, stöhnte Emma zufrieden: »Kinder, das war ein wunderschöner Tag, den ich heute mit euch lieben Freunden verbringen durfte! Ich habe Luxemburgs wunderschöne Hauptstadt kennengelernt, toll eingekauft, gut gegessen, viel gelacht und viel getrunken! Zu viel, glaube ich. Und dann hat auch noch diese überaus spannende Geschichte unseren Abend gewürzt. Ich bitte um Nachsicht, aber heute kann ich leider keinen Beitrag mehr zur Aufklärung leisten. Ich habe allenfalls noch die Kraft, den Knopf zum Aufzug zu drücken, in mein Zimmer zu wanken und in mein Bett zu fallen.«

Alle lachten über diese lange Rede der sonst so stillen, zurückhaltenden Emma.

Nachdem Alex am nächsten Morgen ausgiebig gefrühstückt hatte, wollte er mit den Damen eigentlich zur örtlichen Polizeistation fahren, damit ihre Aussagen protokolliert werden konnten. Die Polizeibeamten kamen ihnen allerdings zuvor. Bereits zu früher Stunde waren sie im Hotel aufgetaucht und baten die Gäste, die sachdienliche Hinweise geben und am Vortag noch nicht befragt werden konnten, zum Gespräch. Der Direktor stellte sein Büro zu Verfügung, so konnte man ungestört reden. Die Gespräche dauerten jeweils nur Minuten. Denn es gab nicht viel zu sagen. Die Frauen hatten rein gar nichts mitbekommen. Alex stellte seine Fotos zur Verfügung und so brauchten sie nur noch das Protokoll zu unterschreiben. Die Ermittler selbst konnten auch nicht mit Neuigkeiten aufwarten, und wenn sie welche hätten, dachte Alex, würden sie ihnen diese gewiss nicht auf die Nase binden. Der Direktor wiederholte immer wieder, wie unangenehm ihm das Vorkommnis und die Unannehmlichkeiten für die Gäste seien, wie sehr er auf schnelle Aufklärung hoffe. Nachdem sie ihrer Pflicht Genüge getan hatten, widmeten sich Alex und seine Freundinnen wieder ihrem Vergnügen. Wie nun den Tag verplanen? Alex wollte schwimmen gehen und faulenzen. Die Damen zogen in Erwägung, einige Massagen zu buchen. Zu 16 Uhr verabredeten sie sich in der Bibliothek, um von dort aus noch zu einem gemeinsamen Kurztrip nach Echternach und Ernzen zu starten. Alex ging in sein Zimmer, zog sich um und marschierte in Richtung Schwimmbad. Das Ehepaar mit den Zwillingen tummelte sich im Wasser. Das französisch sprechende Paar saß am Beckenrand, plantschte mit den Füßen im glasklaren Nass und schien sich über irgendetwas köstlich zu amüsieren. Der Pianist war auf dem Weg in Richtung Kräuterdampfbad. In einer der Liegen draußen auf der Wiese aalte sich sexy Cassandra. Alex, der nach draußen getreten war, konnte den Blick nicht von ihr abwenden. Da lag eine Frau mit makellosem Körper, superlangen Beinen, die behauptete, ein Mann gewesen zu sein. Das sprengte Alex' Vorstellungskraft. Plötzlich schlug Cassandra die Augen auf, räkelte sich lasziv und fragte: »Gefällt Ihnen, was Sie sehen?«

Alex, ertappt, erwiderte wahrheitsgemäß: »Sogar sehr! Aber ich wollte auf keinen Fall unhöflich sein. Alex Möller«, stellte er sich vor.

»Cassandra Abigail«, sagte sie, ihn mit den Augen und einer einladenden Kopfbewegung auffordernd, näher zu treten.

Das war ganz nach Alex' Wünschen. Fieberhaft überlegte er, wie er sie in ein Gespräch verwickeln konnte, aber auf Anhieb fiel ihm nichts Geistreiches ein. Die Frau verwirrte ihn. Er hörte sie sagen: »Sie sind Luxemburger und Schriftsteller, wie mir zu Ohren kam?«

»Schriftsteller ... das ist wohl zu viel der Ehre.« Schnell lenkte er das Gespräch in andere Bahnen und fragte nach: »Haben Sie Gefallen an unserem Land? Bleiben Sie länger?«

»Es gefällt mir ausgezeichnet in Luxemburg, und die Lage des Hotels in der ›Kleinen Luxemburger Schweiz‹ könnte schöner nicht sein! Wie lange ich hierbleibe, hängt von der Entwicklung der Dinge ab, die mich hierhergeführt haben.«

»Ah, ich verstehe. Geschäftliches?«

Sie sah ihn lange prüfend an, bevor sie sprach: »Ihre Afrikareportage fand ich umwerfend. Sie schreiben gut. Haben Sie noch nie daran gedacht, mal ein Buch zu schreiben? Einen Bestseller zu landen? Fehlt Ihnen der Mut oder der lange Atem für einen Roman?«

Alex staunte. »Woher …«

»… ich das weiß? Ich informiere mich über alles und jeden. Und ich lese.«

»Von Beruf Spionin?«, lächelte Alex.

»Nennen Sie es, wie Sie wollen. Ich bezeichne es als Interesse an meinen Mitmenschen und auch als eine Art Umsicht.«

Umsicht?, dachte Alex. Sie lächelte spöttisch: »Vielleicht schreiben Sie am Ende noch Ihren Bestseller hier in diesem Haus. Man kann ja nie wissen. Vielleicht kann ich Ihnen sogar den Stoff dazu liefern, wer weiß. Sie müssten aber den Mut aufbringen, zur Feder zu greifen, oder besser: Ihren Laptop aufzuklappen und loszulegen!« Sie lachte gurrend. Alex, verunsichert, lachte etwas gezwungen mit. In Wahrheit stieg Ärger in ihm hoch? Was wusste diese Frau über ihn? Ehe er nachhaken konnte, schlüpfte Cassandra in ihre Flipflops, warf sich den Bademantel über und rief: »Ich wünsche Ihnen einen angenehmen Tag und viel Vergnügen. Halten Sie Augen und Ohren offen und vergessen Sie später nicht, mich in Ihrem Buch zu erwähnen.«

Alex lag noch eine Weile über das Gespräch nachsinnend in der Sonne und nickte irgendwann ein. Ein unangenehmes Geräusch störte nach einiger Zeit seine Träume und holte ihn in die Realität zurück. Zwei Liegen weiter stritt sich Marie Deprieux mit einem jüngeren Mann, den Alex noch nicht im Hotel oder in ihrer Begleitung gesehen hatte. Der Mann, der wohl fühlte, dass sie Alex'

Aufmerksamkeit erregt hatten und von ihm beobachtet wurden, stand nun auf und meinte: »Wir sprechen später darüber«, und verließ die Liegewiese in Richtung Parkplatz. Madame Deprieux zeigte ihr charmantestes Lächeln, als sie sich Alex zuwandte und freundlich sagte: »Mein Neffe Jeff, der Sohn meines Vetters. Er will mir ein paar Tage Gesellschaft leisten.«

»Da freuen Sie sich aber sicher. Haben Sie selbst auch Kinder?«

»Mon Dieu, non!«, rief sie entsetzt aus. »Um Mutter zu werden, fehlte mir die Zeit und ehrlich gesagt auch der Mutterinstinkt. Meine Interessen galten allein der Firma, für die ich lebte.«

»Und Sie vermissten es nie, keine eigene Familie und Kinder zu haben?«

»Nein, niemals. Ich sagte ja schon, Kinder und Familie, überhaupt Gefühlsduselei, waren mir immer ein Gräuel. Das, was ich wollte, war Erfolg. Und den hatte ich. Ich bin stolz darauf. Wissen Sie, in einer Welt, in der Männer dominieren, hat man es als Frau nicht leicht. Aber ich habe mich durchgesetzt.«

Alex wechselte das Thema: »Hat man noch immer keine Ahnung, wer die Person ist, die für den Tod Ihres Hundes verantwortlich ist?«

»Nein, die Polizei hat noch nichts herausbekommen«, erwiderte Madame Deprieux. »Mir ist das alles ein Rätsel.«

Sie plauderten noch eine Weile, dann verabschiedete sich Alex, da er noch verabredet sei. Er fuhr mit dem Fahrstuhl hoch zu seinem Zimmer, studierte ausgiebig die

Tageszeitung, duschte dann und zog sich um. Erfrischt öffnete er danach die Tür seines Balkons und trat hinaus an dessen Brüstung. Welch ein schöner Ausblick über die Parkanlage des Hotels bot sich ihm von hier aus. Rabatten, Hecken und Rasenflächen wirkten überaus gepflegt. Hier hatten die hauseigenen Gärtner eine Lebensaufgabe. Hier ging die Arbeit nie aus. Inmitten des Parks sprudelte ein überdimensionaler, figurengeschmückter Springbrunnen. Ein Eichhörnchen rannte flink über einen der Kieswege, kletterte eine Tanne hoch. Sicher beherbergte der angrenzende Wald zahlreiche Wildarten, vermutete Alex, während er zurück ins Zimmer trat. Er machte sich fertig für den bevorstehenden Ausflug, schloss seine Zimmertür sorgfältig ab und begab sich in die Bibliothek, wo die Damen und der Professor schon auf ihn warteten. Ob es ihm auch angenehm sei, dass er den Damen ebenfalls seine Kavaliersdienste und Begleitung angeboten habe, fragte der Mann schelmisch.

Diesmal stellte der Professor sein Auto für die Fahrt zur Verfügung und fungierte auch als »Touristenführer«, da ihm die Gegend wohlbekannt war. Zunächst fuhren sie nach Ernzen, auf die deutsche Seite des Sauertals, wo sich ihnen von einem Felsen aus ein umwerfender Panoramablick auf Echternach bot. Alex hatte den Frauen nicht zu viel versprochen. Anschließend ging es in gemütlichem Tempo weiter in Richtung Echternacher See. Dort stellte die Gruppe ihr Auto ab und unternahm einen Spaziergang um das im Sonnenlicht glitzernde, künstlich angelegte Gewässer. Der Professor machte sie auf die Überreste einer römischen Villa zur Linken aufmerksam. Auf dem See zogen Pedalos ihre Kreise und im Uferbereich lenkten diverse Entenfamilien ihre Blicke auf sich. Etwa nach einer Stunde erreichten sie eine sehr schön in die Natur integrierte moderne Jugendherberge.

Dort nahmen sie Platz, genehmigten sich ein kühles Getränk. Nachdem sich die Gruppe ausreichend erholt hatte, brachen die fünf zu einem Bummel durch die kleine Abteistadt auf. Während sie durch die Straßen und Gassen des altehrwürdigen Örtchens schritten, dozierte der Professor: »Echternach, gegründet vom Heiligen Willibrord anno 968, ist eine der ältesten Städte Luxemburgs. Besuchermagnete sind die Abtei und die mächtige Basilika. Aber auch die Springprozession an jedem Pfingstdienstag, bei der die Teilnehmer in einer Art Polkaschritt in Reihen durch die Stadt bis zum Grab des Heiligen Willibrord tanzen, macht die kleine Abteistadt weit über ihre Grenzen hinaus berühmt. Am 16. November 2010 wurde die Echternacher Springprozession auf die UNESCO-Liste der immateriellen Kulturgüter der Menschheit aufgenommen.«

Alex lachte und bestätigte die Aussage des Professors und fügte augenzwinkernd hinzu: »Ja, ja, ja, die Springprozession! Die dauerte für uns Studenten meist bis zum Morgengrauen. Wir konnten einfach mit dem Springen nicht aufhören, zum Unverständnis unserer Familien.«

Gegen 19 Uhr trudelten sie im Hotel ein und verabredeten, sich in gleicher Zusammensetzung eine Stunde später zum Abendessen im Hotelrestaurant zu treffen.

Als später der erste Hunger gestillt war, sprach Alex die Geschehnisse der letzten beiden Tage noch einmal an.

»Ich wüsste zu gerne, was diese Abigail der Deprieux in der Bibliothek zeigte«, meinte er und fragte dann. »Habe ich euch eigentlich schon von meiner Begegnung mit der schönen Cassandra auf der Liegewiese beim Schwimmbad erzählt? Nein? Die flüsterte mir …«

»… etwa eine Liebeserklärung ins Ohr?«, platzte Rose fröhlich dazwischen.

Alex schmunzelte: »Die Ehre hatte ich leider nicht. Nein, sie deutete aber an, es könnte im Bel Air in nächster Zeit Unerwartetes geschehen. Etwas, das möglicherweise Stoff für einen Bestseller bietet, den sie mir empfahl zu schreiben. Und ich werde das Gefühl nicht los, dass sie mit ihrer Ankündigung recht behalten könnte.«

»Aber vergiss nicht, uns drei in deinem Bestseller zu erwähnen!«, forderte Rose. »Und wenn ich bitten darf, von der allerbesten Seite.«

»Aber Rose«, rief Ulla, »dann solltest du dich künftig auch nur noch von deiner Schokoladenseite zeigen! Andernfalls könnte Alex könnte auch erwähnen, dass diese Rose Varell eine Nervensäge ist.«

»Wann triffst du eigentlich deine Freundin wieder, Alex?«, fragte Rose. »Vielleicht hätte deine Tessa Lust, einmal einen Abend mit uns zu verbringen. Wir könnten nett zusammensitzen und plaudern. Was meinst du dazu, Alex?«

»Es könnte möglich sein, dass Alex und Tessa viel lieber einmal einen Abend alleine verbringen wollen, ohne uns«, gab Emma zu bedenken.

»Alleine! Ohne uns? Ach nee, wie langweilig ist das denn? Das geht ja wohl gar nicht!«

Alle fünf lachten herzhaft.

Ein Neffe und ein Pater

Nach dem Essen gönnten sie sich noch einen kleinen Schlaftrunk an der Bar, wo sie schon bald ein Gespräch zwischen Madame Deprieux und ihrem Neffen mitbelauschen konnten, die in einem Separee dicht neben der Theke zusammensaßen.

»Ich begreife einfach nicht, wieso du weiterhin hier ausharren willst!«, sagte der Neffe gerade sehr ärgerlich. »Hast du nicht schon Ärger genug am Hals? Und nun auch noch das hier!«

»Ich bleibe, basta!«, erwiderte die Deprieux fest. »Außerdem bat ich weder um dein Kommen noch um deine Ratschläge. Du solltest nur überprüfen, um was ich dich bat.«

»Du musst schon erlauben, dass ich mich um dich sorge. Apropos Sorgen: Wo ist eigentlich dein windiger Chauffeur?«

»Da, wo er laut meinen Anordnungen sein muss.«

»Und wo soll das sein?«

Schweigen.

»Diesem Carlos traue ich einfach nicht über den Weg. Doch zurück zu dem Anschlag: Ist dir eigentlich klar, dass du bedroht wirst? Der Zettel, den man neben deinem toten Hund fand, spricht eine deutliche Sprache.«

»Lieber Neffe, wer soll mich alte Frau denn bedrohen? Und weswegen?«

»Ja, genau das ist die Frage, die ich mir stelle. Aber Feinde hast du ja mehr als genug!«

»Feinde? Bist du paranoid, lieber Jeff? Wer hier im Hotel sollte mir feindlich gesonnen sein? Außerdem kümmert sich die Polizei um die Sache. Sicher wird sich bald herausstellen, dass es sich um irgendeinen Jugendstreich handelt.«

»Jugendstreich? Du bist leichtsinnig, liebe Tante, ich würde dich am liebsten wachrütteln.«

»Jeff, ich bin achtzig Jahre alt, aber noch klar genug im Kopf, um meine Sachen selbst zu regeln. Also steig in deinen Flitzer und kümmere dich um die Dinge, für die du bezahlt wirst.«

»Verlass dich drauf, ich werde bleiben. Und wenn ein Zimmer im Hotel frei wird, auch hier wohnen.«

Jeff erhob sich abrupt und verließ nach kurzer Verabschiedung die Bar. Die Deprieux nippte noch eine Weile an ihrem Glas und ging dann ebenfalls.

Der Professor sprach als Erster: »Das hörte sich aber nicht gut an. Da war einer sehr verärgert.«

»Es scheint, dass wir einer großen Sache auf der Spur sind«, wisperte Rose.

»Inspektor Schnüffelnase, du bist gar nichts auf der Spur! Komm in die Realität zurück!«, schimpfte Ulla.

»Aber ihr müsst doch zugeben, die Sache entwickelt sich immer mehr zu einem Krimi«, verteidigte sich Rose.

Sollte er schlafen gehen oder noch ein wenig auf dem Balkon die sternklare, linde Nacht genießen? Alex entschied sich für Letzteres, machte es sich auf seinem Balkonsessel bequem und ließ seine Gedanken schweifen. Ein lautes Klopfen an seiner Zimmertür riss ihn aus seinen Träumen. Wenig später wurde ihm sein Irrtum bewusst, denn das Klopfen kam aus dem Nachbarzimmer, dessen Balkontür ebenfalls offen stand. Dort wurde zunächst ein Stuhl verrückt und dann eine Tür zugeschlagen. Schon hörte er Stimmen, die sich dem Balkon näherten. Eine davon war unverkennbar die von Frau Deprieux. In der Stille der Nacht war jedes Wort der nun folgenden Worte deutlich zu vernehmen.

»Ich erhielt deine Nachricht, dass ich mich zu einem Gespräch hier einfinden soll. Was willst du von mir?«

Die andere Person, ein Mann, erwiderte: »Erst einmal wünsche ich dir einen guten Abend, Marie. Ich freue mich, dass du meinem Ruf sofort gefolgt bist.«

»Spar dir deine Höflichkeitsfloskeln! Komm zum Punkt! Du willst wieder Geld?«

»Gut, kommen wir auf den Punkt. Es geht nicht um Geld, es geht um Wichtigeres. Ich will mit dir über die Kinder reden.«

»Also doch um Geld. Dabei habe ich dir doch klar und deutlich gesagt, ich will und werde diese Straßenkinder nicht durch Spenden unterstützen. Solch Gutmenschentum widerstrebt mir.«

»Es geht nicht um die Straßenkinder, wie du sie bezeichnest, Marie«, erklärte der Mann, »es geht um deine Kinder.«

Marie Deprieux schnappte deutlich hörbar nach Luft, bevor sie mit eisiger Stimme sagte:

»Meine Kinder? August ... oder soll ich etwa Augustus zu dir sagen!?«

»Augustus lautet mein Name, den ich als Ordensbruder trage. Aber nenn mich wie du willst«, fiel ihr der Mann ins Wort.

Die Deprieux schnaubte verächtlich: »Jaja, Pater Augustus, dein Rückzug ins Kloster ist zum Totlachen! Doch langsam vergeht mir das Lachen. Sind nun alle verrückt geworden? Die Tochter meiner Kusine May Abigail ist hier im Hotel und behauptet meine Tochter zu sein. Nein, falsch, noch absurder, sie behauptet mein Sohn zu sein! Was denn nun, Sohn oder Tochter? Diese Frau ist total durchgeknallt oder ganz einfach nur dreist. Und nun kommst du mir mit genauso einem Unsinn. Willst mir auch Kinder anhängen. Mehrere, wenn ich dich richtig verstehe, eine Großfamilie offenbar!«

»Cassandra ist hier?«, stöhnte der Mann. »Mein Gott! Marie, du musst nun alles klären. Cassandra wird nicht ruhen, bis sie die ganze Wahrheit weiß. Ich flehe dich an! Die Vergangenheit wird dich einholen. Nein, sie hat dich schon eingeholt! Du musst nichts leugnen, dich nicht mehr verstellen, denn ich weiß alles. May hat mir alles erzählt, bevor sie starb. Aber woher kennt Cassandra die Wahrheit über ihre Herkunft?«

»Was hat May dir erzählt? Was bezweckt ihr mit dieser Komödie? Was wollt ihr von mir? Es kann euch doch nur um mein Geld gehen. Soll dies ganze Theater dem Zweck dienen, Mays unehelicher Tochter das Deprieux-Vermögen zu sichern? August, du bist dir doch hoffentlich im Klaren darüber, dass du im Begriff bist, den Sohn deines Bruders vom Thron als Firmennachfolger zu stoßen.«

»Marie, behaupte, was du willst, wenn ein Gentest gemacht wird, kommt alles ans Licht. Dann wird Cassandras Herkunft unumstritten klargestellt sein. Nimm Vernunft an, es ist noch Zeit, deine Seele zu retten.«

Marie Deprieux bekam einen Lachanfall: »Meine Seele

zu retten?« Dann drohte sie unverhohlen in einem veränderten Tonfall: »Es reicht! Hüte dein loses Mundwerk in Zukunft. Oder willst du dein Lebensende in einer Irrenanstalt verbringen? Da gehörst du nämlich hin. Befolge meinen Ratschlag, reise ab, solange du noch kannst.«

»Ich reise erst ab, wenn alles geklärt und geregelt ist. Wenn du reinen Tisch gemacht hast. Das habe ich May versprochen, damit wenigstens ihre Seele in Frieden ruhen kann.« Und nach kurzem Zögern fügte der Pater hinzu: »Und meine auch.«

»Ich kann's nicht fassen, August! Du bist ein verdammter Narr!«

»Marie!«, versuchte der Mann noch einmal mit verzweifelter Stimme die Deprieux zu erweichen: »Dann sag mir wenigstens, wohin dein drittes Kind verschwunden ist. Hast du es umgebracht?«

»Ich gehe!«, schrie die Deprieux. »Ich höre mir diesen Unsinn nicht länger an.«

Wenig später fiel die Tür des Nachbarzimmers mit einem Knall ins Schloss. Eine unheimliche Stille erfüllte die Nacht. Dann sagte der Mann nebenan voller Verzweiflung: »Gott vergib ihr.«

Marie Deprieux lehnte sich mit zittrigen Beinen an die Wand ihres Hotelzimmers. Sie hatte das Gefühl zu ersticken. Sie war eine knallharte Frau, die ihr Leben lang viel ausgeteilt, aber auch eingesteckt hatte. Dies hier war aber einfach zu viel. Zudem war sie keine dreißig mehr! Aber sie musste sich zusammenreißen und handeln. Sie musste diesem Unheil Einhalt gebieten. Sie musste herausfinden, ob dies alles ein Bluff ihrer

Widersacher oder Realität war. Dies musste schnell geschehen, sehr schnell.

May! Über vierzig Jahre hatte sie nichts mehr von ihrer Kusine gehört. Es war August, der sie von Mays Tod unterrichtet hatte. August, der den Deprieux' den Rücken zugekehrt und sein Heil in der Religion gesucht hatte. August, der sich jetzt Pater Augustus nannte, in einem Kloster in Bayern lebte und sozial benachteiligte Jugendliche betreute. Sie stieß ein verächtliches Schnauben aus. August war der ältere Bruder ihres Vetters Friedrich. Es war Marie ein Gräuel, an die Verwandtschaft Gedanken zu verschwenden. August, dieser Idiot, er fühlte sich zu Höherem berufen. Er bettelte sie regelmäßig erfolglos um eine Spende für sein Kinderschutzprojekt an. Anders als August war sein Bruder Friedrich ein Geschäftsmann durch und durch, in ihn war ihr Vater vernarrt gewesen. In ihm sah er den Sohn, der ihm nie vergönnt war. Aber sie hatte Friedrich den Chefposten in der Firma nicht überlassen, sie hatte gekämpft und auf ihr Recht gepocht. Trotzdem hatte ihr Vater testamentarisch festgelegt, dass, sollte sie, Marie, kinderlos bleiben, die Nachfolge später an Friedrichs Sohn Jeff übergehe. Friedrich! Alte Hassgefühle stiegen in ihr auf. Durch ihn steckte sie in diesem Schlamassel. Der gute brave Friedrich! Der immer allen alles recht machen wollte, immer verbindlich blieb, selbst da, wo sie mit harten Bandagen kämpfte. Jeff war nicht so unterwürfig. Der wusste, was er wollte und was er konnte, der war nicht dumm. Der konnte sich regelrecht in eine Sache verbeißen. Ein guter Geschäftsmann, aber ebenfalls zu ehrlich, das Erbteil seines Vaters! Er misstraute Carlos von Anfang an. Nicht zu Unrecht, musste sie eingestehen. Sie aber brauchte Carlos und seine korrupten Freunde, die alles für Geld erledigten. Die vor nichts zurückschreckten. Noch einmal vergegenwärtigte sie sich den Auftritt von Cassandra in der Bibliothek und ihr eigenes Erschrecken. Wie um alles in der Welt war diese Cassandra an das Medaillon gekommen? Das musste sofort in ihren Besitz zurückgelangen. Es wäre sonst ein Leichtes für diese Frau sein, die Hälfte der Firma für sich einzuklagen. Verdammt! So weit durfte es nicht kommen. Unbehagen beschlich sie. Jetzt wurde sie sich ihres Alters bewusst. Früher hätte sie dieses Ohnmachtsgefühl nie empfunden. Sie versuchte sich zu fassen. Weg mit allen trüben Gedanken! Sie würde das schon regeln. Sie hatte noch für alles eine Lösung gefunden. Sie musste allerdings handeln, bevor August auf Jeff und Cassandra traf. Carlos musste zurückkommen. Und zwar sofort.

Eine Einladung
und seltsame Vorkommnisse

Nach einer unruhigen Nacht voller Albträume trudelte Alex mit Verspätung zum Frühstück ein, um aber sofort den drei Freundinnen das am vorigen Abend Mitangehörte brühwarm zu schildern. Rose fiel aus allen Wolken und japste: »Drei Kinder soll die Deprieux haben? Drei? Die sie alle verleugnet? Alex, hast du dich da nicht verhört? Diese Geschichte ist doch einfach nicht glaubhaft!«

»Das finde ich auch«, warf Ulla ein, »ja, wenn sie ein Kind zur Adoption freigegeben hätte, eben diese Cassandra, das wäre noch nachvollziehbar, aber drei? Und überhaupt: Wo sollen die anderen beiden Kinder aufgewachsen sein, wenn nicht bei dieser Kusine May?«

»Das müsst ihr mich nicht fragen, meine Lieben, mich verwirrt das alles auch. Ich kann irgendwie keinen klaren Gedanken mehr fassen.«

Als sie das Restaurant verließen, trafen sie auf Professor Lannert, der sich in Begleitung von Liam O'Connor zu ihnen gesellte. Beide hatten sich beim Frühstück getroffen und miteinander angefreundet. Die kleine Gruppe entschied, auch noch Tessa anzurufen und am Nachmittag gemeinsam eine Waldwanderung zu machen.

Gegen 14 Uhr versammelten sich alle befreundeten Hotelbewohner samt Tessa vor dem Eingang des Hotels. Nachdem Alex Tessa mit der Gruppe bekannt gemacht hatte, marschierte der Trupp los, die Männer voran, die

Mädels hinterher. Wie zu erwarten, dauerte es nicht allzu lange, bis Rose Tessa auszufragen begann: »Kennen Sie und Alex sich schon lange?«

»Wir haben das Lyzeum zusammen besucht«, erwiderte Tessa. Und um Roses Neugierde zu stillen, fuhr sie bereitwillig fort:

»Alex' Tante wurde die leitende Stelle einer Bank hier in Echternach angeboten, da zogen sie aus dem Süden des Landes hierher. Später, als Alex zu studieren begann, ging seine Tante wieder nach Esch/Alzette zurück. Alex' Eltern sind, als er ein Jahr alt war, bei einem Verkehrsunfall ums Leben gekommen. Seine Großeltern und seine Tante haben ihn dann großgezogen.«

»Wie traurig«, flüsterte Rose.

»Ich glaube, Alex hat seine Eltern nie wirklich vermisst. Milla ist so eine tolle Frau. Die müssen Sie unbedingt kennenlernen. Alex sieht ihr sehr ähnlich. Die gleichen dunklen Haare, die gleichen blauen Augen, der gleiche Humor. Ich liebte es, meine Freizeit bei den Möllers zu verbringen. Alle hatten immer ein offenes Ohr und viel Verständnis für uns Jugendliche. Bei den meisten von uns ging es zu Hause viel konservativer zu.«

»Leben Alex' Großeltern noch?«

»Leider nein. Der Großvater, ein sehr belesener, gescheiter Mann, verstarb vor etwa zehn Jahren. Die Oma folgte ihm fünf Jahre später. Aber Milla hat für Alex gesorgt, als sei er ihr eigenes Kind. Und so liebt sie ihn auch.«

Roses Wissensdurst war aber noch nicht befriedigt. Eine letzte Frage brannte ihr noch auf der Zunge.

»Lieben Sie Alex?«, fragte sie direkt.

»ROSE!« Das war Emmas energische Stimme.

Tessa schmunzelte: »Oh ja, sehr sogar, von ganzem Herzen. Aber wir sind nicht verliebt, kein Paar! Doch allerbeste Freunde. Freunde, die sich in jeder Situation aufeinander verlassen können.«

»Na ja«, grummelte Rose etwas enttäuscht, »schade, ein schmuckes Paar wärt ihr beide schon. Aber was nicht ist, kann ja noch werden.«

Ulla rief Tessa zu: »Nehmen Sie sich in Acht, Rose ist eine alte Kupplerin. Bei mir hat sie es auch schon des Öfteren versucht. Bisher vergeblich. Aber sie gibt nicht auf! Rose gibt nie auf!«

»Stimmt genau«, lachte Rose, »so ist es. Alle Zähne habe ich mir schon an dir ausgebissen! Und ich versuch's doch immer wieder.«

Nun mischte sich Emma ins Gespräch: »Wir lachen uns hier schief, aber schaut mal die Männer vor uns an. Wie ernst die sind! Was die wohl bereden?«

»Liam O'Connor spricht aber gut Deutsch«, befand Ulla

»Mit so einem himmlisch-süßen Akzent«, schwärmte Tessa.

Tatsächlich waren die Männer völlig in ihr Gespräch vertieft. Die Unterhaltung hatte harmlos begonnen. Von Themen aus Freizeit, Musik und Kultur waren sie irgendwann bei den Geschehnissen im Hotel gelandet, bei der Ermordung des armen Hundes und dem Gerücht, dass etliche Hotelgäste auf Rechnung von Mister Unbekannt im »Bel Air« Urlaub machten.

Zur Überraschung von Alex erklärte der Pianist: »Das kann ich bestätigen, denn auch ich bin ein Auserwählter dieses mysteriösen Gönners. Komisch fand ich diese anonyme Einladung schon, aber die Neugierde trieb mich dazu, sie anzunehmen. Außerdem habe ich im Moment keine musikalischen Verpflichtungen. Und außerdem …«, kam es zögerlich.

»Und außerdem …?«, hakte Alex sofort nach.

»Es ist nicht nur diese Einladung, die mich hierherzog. Mir sind in letzter Zeit die seltsamsten Dinge zugestoßen. So erhielt ich vor Monaten ein Schreiben von einem gewissen Gerard Mercier. Dieser mir unbekannte und inzwischen leider verstorbene Mann äußerte darin den festen Glauben, ich sei sein Sohn.«

»Wie das denn?«

»Ich sei ihm quasi wie aus dem Gesicht geschnitten, betrachte man Jugendbildnisse von ihm. Kurz bevor er starb, vermachte er mir die Hälfte seines Vermögens. Und ich kann euch sagen, es war eine Menge Geld.«

»Mensch!«, entfuhr es Alex. »Wieso passiert mir so etwas nie?«

Inzwischen hatten die Frauen zu den Männern aufgeschlossen und hörten den Rest seiner Erzählung mit an: »Ich nahm dann Kontakt zu dem beauftragten Notar auf«, berichtete Liam O'Connor weiter, »und lehnte die Erbschaft mit der Begründung, dies sei ein Missverständnis, ab. Mit absoluter Sicherheit sei ich nicht der Sohn dieses Herrn. Der Notar riet mir die Erbschaft anzunehmen und zu Gunsten einer Organisation oder Stiftung zu verwenden. Bis heute aber liegt der Betrag noch unberührt auf dem notariellen Konto.«

»Aber wie kam dieser Mann denn auf so eine verrückte Idee?«, wollte Alex von Liam wissen.

»Keine Ahnung, ich bin jedenfalls nicht sein Sohn. Ich bin hundertprozentig der leibliche Sohn meiner Eltern.« Liam zuckte die Schultern: »Ein Irrtum, ein Missverständnis, ein Hirngespinst wegen der zufälligen Ähnlichkeit? Aber die Geschichte ist noch nicht beendet. Als meine Mutter gab er eine gewisse Marie Deprieux an.«

»Marie Deprieux!«, entfuhr es Alex.

Der Professor stieß einen leisen Pfiff aus.

»Und dann«, fuhr O'Connor mit seinem Bericht fort, »folgte ich dieser Einladung von Mister Unbekannt. Und was passiert? Ein Hund findet auf grässliche Weise in meinem Hotel den Tod. Und wer ist die Besitzerin dieses armen Tieres? Eine Dame namens Marie Deprieux. Das kann doch alles kein Zufall sein! Ich erkenne bloß nicht, welche Rolle mir in diesem Spiel zugedacht ist.«

»Haben Sie diesen Brief zufällig nach Echternach mitgebracht?«

»Zufällig ja! Dass ich diesen Brief überhaupt mit auf die Reise nahm, ist schon seltsam! Ich werde Ihnen das Schreiben später zeigen. Von einer May Abigail war auch noch die Rede, aber wie schon gesagt, ich legte dieser Sache keinen Wert bei.«

»May Abigail?«, rief Alex aufgeregt.

»Kennen Sie die Dame etwa?«

»May Abigail nicht, aber Cassandra Abigail. Das ist die Rothaarige aus dem Hotel.«

Liam schüttelte den Kopf: »Diese Geschichte wird immer verworrener. Mercier schilderte in seinem Brief die Deprieux als knallhart und ohne Gewissen. Ich glaube, ich bin im falschen Film. In was bin ich da nur hineingeraten? Wieso sind all diese Personen zur gleichen Zeit hier wie ich? Ich will doch nur Klavier spielen! Aber zurück zu dieser Cassandra Abigail, wie passt sie in diese absurde Story?«

»Das ist eine längere Geschichte. Aber da Sie uns so viel Vertrauen schenkten, gebe ich gerne auch unser Wissen preis.« Und Alex begann zu erzählen.

*

Er hatte wieder dieses unangenehme Pochen im Schädel. Es trat jedes Mal plötzlich und unerwartet auf. Und genauso unerwartet verschwand es wieder. Er konnte es nicht kontrollieren, es vernebelte seine Sinne. Ein Glück, dass ihm die Pillen noch Linderung verschafften. Nur wie lange noch? Aber bevor sich sein Zustand irreparabel verschlechterte, würde er seine Rache haben. Diesmal würde er den Sieg davontragen. So viele Jahre schon wartete er auf diesen Moment und nun war er zum Greifen nah. Alles lief bestens, alles lief nach Plan. Er war nervös gewesen, als er ihr zum ersten Mal gegenüberstand. Sie aber hatte ihn nicht wiedererkannt. Wie sollte sie auch? Er lächelte diabolisch. Sie war ahnungslos. Und so sollte es auch noch eine Weile bleiben. Erst wollte er seinen Spaß haben. Er stand auf und zog die Vorhänge des Schlafzimmers zu. Die Dunkelheit würde ihm vielleicht Erleichterung bringen. Genugtuung erfüllte ihn. Er hatte das Ziel vor Augen.

Der Einbruch,
ein gemütlicher Abend und ein Brief

Nach der Wanderung schlug Tessa vor, alle sollten gegen 19 Uhr zu ihr nach Hause kommen. Sie bereite ein kleines Mahl vor und dann könne man ungestört über alles reden. Der Professor und Alex wollten an der Rezeption ihre Abwesenheit melden, damit man sie nicht als vermisst erklären würde. Dort trafen sie auf die aufgeregte, nur mit Badezeug und Bademantel bekleidete Cassandra, die ihnen mitteilte: »Bei mir wurde eingebrochen, während ich im Schwimmbad war. Alles ist durchwühlt. Was meinen Sie: Soll ich die Polizei rufen?«

Der Rezeptionist und Alex eilten mit ihr nach oben zu ihrem Zimmer. Der Raum sah aus, als hätte eine Bombe eingeschlagen. Alles war durchwühlt. Der junge Angestellte schlug vor, den Direktor zu holen, und entfernte sich.

Alex nutzte seine Abwesenheit, um zu fragen: »Wie war das noch? Sie empfahlen mir doch, Material für mein Buch zu sammeln: Also – ist etwas verschwunden? Wurde nach etwas Speziellem gesucht?«

Cassandra wurde hellhörig: »Nach etwas Speziellem? Was genau meinen Sie damit?«

Alex beeilte sich zu korrigieren: »Schmuck? Geld?«, dachte dabei aber an dieses »Ding« in dem Kästchen mit dem aufschnappenden Deckel.

»Nein, auf den ersten Blick kann ich nicht feststellen, dass etwas abhandengekommen ist. Allerdings – wie gelangt man in ein zugesperrtes Zimmer ohne Schlüssel und ohne die Tür zu beschädigen?«

»Gute Frage!«, bestätigte Alex, entfernte sich dann aber schnell, als er den Direktor herbeieilen sah. Der Arme tat ihm leid. Jeden Tag gab es eine neue Peinlichkeit. Dabei waren doch alle, Direktor samt Personal, darauf bedacht, den Gästen ihren Aufenthalt so angenehm wie nur möglich zu gestalten.

Alex traf seine Freunde noch alle versammelt in der Eingangshalle an und berichtete ihnen, was vorgefallen war. Danach verzog jeder sich auf sein Zimmer und Tessa fuhr in ihrem Mini nach Hause, um schnell etwas für die hungrige Bande auf den Tisch zu zaubern. Kurz darauf klopfte es an Alex' Tür.

Emma stand davor und meinte: »Wir haben ein kleines Problem. Wir möchten ein paar Blümchen für Tessa besorgen. Wo finden wir im Ort noch einen offenen Blumenladen? Der Professor wird sein Bestes geben, um noch vor Ladenschluss dort zu sein.«

Alex blickte auf seine Uhr: »Da muss der Professor aber ordentlich Gas geben!«, und nannte einen Blumenladen in der Nähe.

Pünktlich trudelten Tessas Gäste ein.

Der Professor trug einen riesigen Strauß Rosen vor sich her, den er Tessa im Namen aller überreichte.

Tessa bewohnte ein kleines, aber schönes Haus. Im Garten, der ein richtiges Kleinod war, hatte sie liebevoll den Tisch gedeckt. Es gab reichlich zu essen und zu trinken.

Während sie über ihren Spaghettis saßen und von allem Möglichen redeten, sagte Ulla auf einmal:

»Um es in dieser vertrauten Runde einmal klarzustellen, ich bin nicht reich. Dieses herrliche Leben kann ich nur dank meiner Rose führen. Ein Hoch auf Rosilein!« Und sie prostete Rose zu.

»Alles Unsinn«, wehrte Rose verlegen ab.

»Doch, doch, so ist es. Meine Eltern haben für die Varells gearbeitet. Wir haben bei den Varells gelebt. Da Roses Eltern sehr großzügige Leute waren, durfte ich dort ein- und ausgehen wie eine Tochter. Rose und ich waren unzertrennlich. Was hatten wir doch für eine schöne Jugendzeit! Rose teilte früher alles mit mir und tut es heute noch.«

»Hör auf, Ulla!«, schimpfte Rose. »Ulla hatte eine sehr gute Stelle, hat heute eine ansehnliche Rente und braucht mich nicht, um zufrieden zu leben. Nein, Ulla braucht mich nicht, aber ich brauche sie. Ulla war nie verheiratet, aber ich! Wer hat mich unterstützt, als ich meinen Mann, diesen Schmarotzer, in den ich blind verliebt war, endlich vor die Tür setzte? Ulla! Sie war immer an meiner Seite, hat mich verteidigt und zu mir gestanden, wenn die Pferde mal wieder mit mir durchgegangen sind …« Und dann lachte sie schallend: »Kinder, hatten wir schöne Zeiten! Heute leben wir immer noch gemeinsam, zusammen mit Ullas Vater.«

Emma räusperte sich und dann begann sie ihrerseits zu erzählen: »Wollt ihr auch meine Geschichte hören? Ich traf meinen Mann auf der Straße. Er hatte sich verfahren und fragte mich nach dem Weg. Ich war fünfundzwanzig, er dreißig Jahre älter. Es war Liebe auf den ersten Blick. Natürlich wurde getuschelt, ich würde mir den van Steeden nur wegen des Geldes angeln. Mein Mann war schließlich einer der begehrtesten Junggesellen Deutschlands. Meine Eltern waren entsetzt angesichts des Altersunterschiedes. Ich aber liebte ihn. Und er sagte, er habe nie geheiratet, weil er bis zu diesem Tag auf mich gewartet habe.« Sie kicherte: »Gewartet? Na ja, in der Zeit des Wartens ließ er aber nichts anbrennen. Aber wir waren glücklich und ich führte ein sorgenfreies Leben wie im Märchen. Dreißig Jahre waren wir Mann und Frau. Als er starb, fiel ich in ein tiefes schwarzes Loch. Meine Freundinnen Rose und Ulla brachten mich wieder ins Leben zurück, behutsam, aber energisch! Ich kenne beide schon sehr, sehr lange. Mein Mann war mit Roses Vater befreundet. Da wir alle kinderlos sind, haben wir heute nur noch eine Sorge: und zwar, unser Geld unter die Leute zu bringen.«

»Nun wisst ihr das Wichtigste von uns«, vollendete Rose.

»Keine von euch hat Kinder?«, fragte Liam.

»Keine. Es sollte so nicht sein«, verriet Ulla.

»Na, dann will ich kurz meinen Steckbrief verraten«, sagte der Professor. »Ich bin Witwer mit zwei erwachsenen Kindern und einem Enkel. Habe im Lyzeum Latein unterrichtet, jetzt bin ich schon ein paar Jährchen in Rente. Nun sind Sie dran, Liam!«

»Ich bin Pianist mit Leib und Seele. Kenne und kann sonst nichts. Lebe für die Musik. Nicht verheiratet. Keine Kinder. Vater Ire, Mutter Deutsche.«

»Und du, Alex, willst du einmal heiraten und Kinder haben?«, wollte Rose wissen.

»Ja, vielleicht. Ja, warum nicht. Später.«

»Und Sie, Tessa?«

»Nein«, erwiderte Tessa etwas schroff, »meine Kinder in der Schule genügen mir.«

»Nun lasst uns aber endlich auf unseren Fall zu sprechen kommen«, mischte sich Rose wieder ein.

»Ja, Inspektor Schnüffelnase!«, riefen die anderen wie aus einem Munde.

Darauf zog Liam O'Connor den mitgebrachten Brief aus der Tasche und begann vorzulesen:

Lieber Liam!
Bitte gestatten Sie, dass ich Sie ganz einfach Liam nenne, da ich davon ausgehe, dass Sie mein Sohn sind.

Wenn Sie diesen Brief lesen, weile ich nicht mehr unter den Lebenden. Meine Krankheit hat mich dann eingeholt, mir bleiben nur noch wenige Tage, um die Dinge zu regeln, die mir am Herzen liegen. In meinem Kopf hat sich der Gedanke festgesetzt, dass Sie mein Sohn sind. Ich weiß und fühle, dass es so ist. Nur fehlen mir leider immer noch die endgültigen Beweise dafür. Früher schon, ohne dieses Wissen, das ich nun habe, fühlte ich eine enge Verbundenheit mit Ihnen, wenn ich eines Ihrer grandiosen Konzerte besuchte. Ich fühlte mich an mich selbst als junger Mann erinnert, sah auch in Ihrer Gestik und Mimik Ähnlichkeiten, die uns verbanden.

Kürzlich bekam ich einen alten italienischen Zeitungsartikel anonym zugeschickt. Mithilfe jenes Artikels suchte man damals, vor fünfundvierzig Jahren, die Mutter eines ausgesetzten Kleinkindes. Eines Jungen! Ganz sicher war es kein Zufall, dass mir ein Unbekannter die Zeitungsseite, die auch ein Bild enthielt, zusandte, das war mir sofort klar. Es fiel mir wie Schuppen von den Augen. Sie waren dieses Kind!

Aber ich will Ihnen die ganze Geschichte erzählen.

Vor mehr als fünfundvierzig Jahren verliebte ich mich Hals über Kopf in die Tochter eines der mächtigsten Geschäftsmänner aus Paris. Marie Deprieux hieß die Dame. Seit ein Schlaganfall ihren Vater an den Rollstuhl band, leitete Sie das Firmenimperium der Familie. Sie überredete mich, mich im Namen unserer Liebe auch geschäftlich mit ihr zu verbinden. Ich war dieser Frau total verfallen und habe nicht bemerkt, worin ihr eigentliches Interesse bestand. Sie wollte unsere Firma schlucken. Sie hat mich benutzt, ruiniert und dann zum Teufel gejagt. Dank guter Freunde gelang es mir, wieder Boden unter die Füße zu bekommen, ich fing noch einmal bei null an. Das Lebenswerk meines Vaters aber war zerstört. Marie sah ich nie wieder!

Nachdem Marie ihr Ziel erreicht hatte, war sie kurze Zeit später für eine Weile von der Bildfläche verschwunden, wie ich hörte. Heute ist mir klar wieso. Sie war schwanger von mir. Und dieses Kind sind Sie, lieber Liam, bist Du, mein Sohn. Es klingt verrückt, aber ich versichere Dir, dass das Geschilderte den Tatsachen entspricht. Vielleicht gelingt es dir, die nötigen Beweise für Deine Herkunft zu finden. Jeder Mensch sollte wissen, wer seine leiblichen Eltern sind und wo seine Wurzeln liegen. Lass eine Blutprobe machen! Erkundige dich bei einer May Abigail, das ist Maries Kusine. Du wirst sehen, ich bin kein irrer alter Mann!

Ich bedaure dies schicksalhafte Geschehen sehr, gerne wäre ich Dir ein guter Vater gewesen. Bitte nimm Dich in Acht vor Marie Deprieux, wenn Du darangehst, die Wahrheit zu ergründen. Sie ist gnadenlos!

In Liebe, Dein Vater
Gerard Mercier

»Das klingt aber nicht so, als sei der Mann verrückt!«, sagte Tessa.

»Vielleicht war er nicht verrückt, aber er scheint ein verzweifelter, einsamer Mann gewesen zu sein«, meinte Emma. »Und Sie haben diesem dringlichen Brief keine Bedeutung beigemessen?«

»Doch, ich war überrascht, irritiert, hielt sofort Rücksprache mit meinen Eltern. Ihnen war dieser Mercier völlig unbekannt. Es ist auch genetisch bewiesen, dass ich der Sohn meiner Eltern bin. Ab da war die Sache dann erledigt für mich.«

Rose räusperte sich: »Folgendes geht nicht in meinen Kopf. Nehmen wir einmal an, die Deprieux hätte ein Kind geboren und auf irgendeine Art verschwinden lassen. Das geht vielleicht ein Mal gut, aber gleich drei Mal? Das ist doch eher unwahrscheinlich! Die Deprieux hat nichts mit Kindern am Hut, diese Aussage nehme ich ihr ab. Wieso hätte sie dann dieses Kind, geschweige denn drei Kinder, auf die Welt bringen sollen? Sie hätte sich im Falle einer ungewollten Schwangerschaft doch sicher für eine Abtreibung entschieden. An Geld fehlte es ihr ja nicht, um das zu ermöglichen.«

»Und welcher Unbekannte schickte Gerard Mercier diesen Zeitungsartikel zu? Was bezweckte er damit?«, rätselte Ulla weiter. »Und wieso fragte dieser Pater Augustus die Deprieux, wo das dritte Kind verblieben sei? Von einem zweiten hat er nicht gesprochen. Was ist mit diesem Kind?«

»Und diese Gratisurlaube, die ein unbekannter Gönner uns spendierte, welchem Zweck dienen die?«, wollte Liam wissen. »Wer ist der große Wohltäter und was will er von uns? Fragen über Fragen, nur keine Antworten!«

Nun meldete sich Tessa zu Wort: »In Cassandra Abigails Zimmer wurde sicher nach diesem ›Ding‹ gesucht, das sie der Deprieux in der Bibliothek gezeigt hat. Das muss ja wohl etwas sein, das enorme Wichtigkeit für Marie Deprieux besitzt. Wäre Cassandra Maries Deprieux' Tochter, dann hätte sie ja, nach dem, was wir hörten, noch zwei Geschwister. Pater Augustus bezieht sein Wissen, wie er sagte, von May Abigail, Cassandras offizieller Mutter, die sie großzog. Lügt eine Frau, die im Sterben liegt? Das ist schlecht vorstellbar. Lügt dieser Pater Augustus? Cassandra Abigail könnte die Wahrheit doch durch einen DNA-Test herausfinden.«

»Stopp, stopp!«, rief Alex, sich die Stirn reibend. »In meinem Kopf herrscht ein totales Chaos.«

Anschließend servierte Tessa noch einen großen Eisbecher zum Nachtisch. Dann saß man noch gemütlich in der lauen Nacht. Die Männer diskutierten über Kunst und Musik, die Frauen räumten ab und machten den Abwasch. Mitternacht war schon weit überschritten, als die kleine Gesellschaft die Heimfahrt antrat. In dieser Nacht hatten auch Tessa, Liam O'Connor und der Professor mit dem Rest der Gruppe Brüderschaft getrunken, man war allgemein beim vertrauten DU gelandet und hatte sich angesichts der unheimlichen Entwicklungen geschworen: Alle für einen, einer für alle.

Ein schrecklicher Vorfall

Jeff Deprieux war sehr ärgerlich. Seine Tante war einfach unmöglich. Er verstand nicht, wie sein Vater diese Frau auch heute immer noch verteidigen konnte. Sein Vater, auf dem sie dauernd herumhackte, müsste es doch besser wissen. Marie Deprieux konnte sehr grausam sein. Aber sein Vater hatte immer um Verständnis für sie geworben, indem er sagte, unter ihrer harten Schale liege ein weicher Kern, verberge sich eine ganz andere Marie. Jeff hatte diese andere Marie aber bis zum heutigen Tag nie kennengelernt.

Jeffs Mutter nannte Marie eine Hexe, die über Leichen gehe. Jeff fand, dass seine Mutter mit ihrer Ansicht richtig lag. Sein Vater aber nahm Marie in Schutz. Oftmals erinnerte er daran, wie hilfsbereit Marie sich damals verhalten hatte, als ihre Kusine durch eine uneheliche Schwangerschaft in Not geraten war. Sie sei sofort nach Amerika gereist und dortgeblieben, bis alles im Sinne von Mutter und Kind geregelt war. Jeden Monat habe sie Geld überwiesen für den Onkel im Pflegeheim und für Mays uneheliches Kind. Und sie habe ihre Wohltaten heimlich und selbstlos erwiesen, denn sie habe nie ein Wort darüber verloren, er habe von ihren Zuwendungen nur durch Zufall erfahren. Seine Mutter wurde, wenn er davon sprach, jedes Mal sehr wütend und behauptete, Marie tue nie etwas zum Wohl der Familie. An dieser Geschichte sei mit Sicherheit etwas faul. Und wieso habe eigentlich seitdem keiner mehr Kontakt mit May und ihrem Kind? Darauf wusste der Vater dann auch keine Antwort mehr.

Oft war er Zeuge solcher Auseinandersetzungen gewesen. Auch er verstand nie, warum sein Vater Tante Marie so hartnäckig verteidigte. Marie Deprieux war und blieb für Jeff ein Rätsel. Als Kind hatte sie ihn ignoriert, wie Luft behandelt. Als Jugendlicher wurde ihm offenbart, dass, da Marie kinderlos sei, er, Jeff Deprieux, einmal ihr Nachfolger werden würde. So hatte es Maries Vater testamentarisch bestimmt.

Als er nach seinem Studium in die Firma eintrat, musste er sich von ganz unten hocharbeiten. Seine Tante hatte erklärt, die Entscheidung ihres Vaters bereite ihr wenig Freude, aber sie müsse das Übel in Kauf nehmen. Das Übel war er. Er hatte die Zähne zusammengebissen und hart gearbeitet. Der Patriarch, so nannten sie Maries Vater, war ihm als Kind immer mit viel Wohlgefallen begegnet, und auch in der Firma hielt er seine Hand schützend über ihn. Marie hatte ihn daraufhin in Ruhe gelassen. Mit der Zeit übertrug sie ihm Verantwortung, hielt aber die Augen wachsam auf ihn gerichtet. Nichts entging ihr. Nun war er vierzig, kannte die Firma wie seine Westentasche. In verschiedenen Bereichen verweigerte Marie ihm aber immer noch den Einblick. Ihm missfiel, wie sie mit den Mitarbeitern umging, ihm missfielen nicht wenige ihrer Geschäftsmethoden, ach, ihm missfiel so einiges.

Mein Gott, was hatte seine Mutter nicht alles über Marie erzählt! Ganz fürchterliche Sachen. Ausgedacht hatte sich seine Mutter das Erzählte wohl kaum, so wie er seine Tante inzwischen kannte.

Und nun hielt sich seine Tante wieder im »Hotel Bel Air« in Echternach auf. Was trieb sie so oft hierher?

Sehnsucht nach der Vergangenheit? Wohl kaum, eine Marie Deprieux blickte nie zurück. Sie war schon so viele Jahre in diesem Haus Stammgast und nun passierte ausgerechnet hier, an diesem idyllischen Ort, der Mord an ihrem Hund. Sein ungutes Gefühl verstärkte sich, als er an diesen zwielichtigen Helfershelfer seiner Tante, ihren Chauffeur namens Carlos Martin, dachte. Er konnte sich der Ahnung nicht erwehren, dass sich hier ein Unheil zusammenbraute. Nun saß er hier im Foyer und wartete auf seine Tante. In ihrem Zimmer war sie nicht und seit Stunden hatte sie keiner mehr gesehen.

In diesem Moment stürzte eine Frau in die Eingangshalle und schrie: »Schnell, schnell, kann jemand die Polizei benachrichtigen? Cassandra Abigail liegt verletzt im Wald.«

Jeff fuhr hoch wie von einer Tarantel gestochen. Abigail! War diese Namensgleichheit Zufall? Jeff spürte, wie sich sein Magen zusammenkrampfte, und rannte auf die Frau zu. Es war Ulla Heinz, die aufgeregt nach draußen zeigte auf das Waldstück oberhalb des Hotels.

»Man hat sie zusammengeschlagen«, berichtete sie. »Es sieht schlimm aus. Der Krankenwagen ist unterwegs. Meine Freunde sind bei ihr.«

Ulla war sehr erregt. In diesem Moment fuhr auch schon der Rettungswagen mit dem Notarzt vor dem Hotel vor. Ulla lief zur Fahrerseite und erklärte den Weg. Als der Krankenwagen mit quietschenden Reifen davonfuhr, rannte Jeff hinterher. Auf einer Lichtung sah er den Wagen stehen. An dieser Stelle des Waldes fiel an einer Seite eine steile Böschung ab. Diese Böschung rutschten der Arzt und sein Helfer gerade hinunter. Jeff sah die verletzte Frau zwischen den Felsen liegen. Ihr langes, rotes Haar, das sich wie ein Fächer um ihren Kopf ausgebreitet hatte, leuchtete in der Sonne. Nachdem Cassandra Abigail notversorgt war, trug man sie mit vereinten Kräften auf einer Bahre den Abhang hoch. Über den Baumspitzen ertönte das Geräusch eines Hubschraubers.

»Der ist für uns«, hauchte Emma. Der Helikopter fand einen geeigneten Landeplatz auf der nahen Straße. Kurz danach schob man Cassandra Abigail in die Maschine und diese drehte Richtung Ettelbrück ab.

»Lebt sie?«, fragte Jeff.

»Ja, sie ist am Leben, aber bewusstlos«, teilte Alex Jeff mit. »Zuerst dachten wir, sie sei aus Unachtsamkeit den Abhang hinuntergestürzt, wurden dann aber von ihr eines Besseren belehrt. Klar und deutlich stammelte die Frau: ›Die wollten mich umbringen.‹ Danach war sie nicht mehr ansprechbar.«

Inzwischen war die Polizei eingetroffen, die Beamten nahmen die Personalien der Anwesenden auf und baten alle, sich zum Hotel zu begeben und sich dort zur Verfügung zu halten. Alle Aussagen müssten noch protokolliert und unterzeichnet werden.

Sie saßen alle gemeinsam wartend in der Bibliothek, als Jeff die Frage stellte: »Wer ist diese Frau?«

»Das wissen Sie doch sicher besser als wir«, entfuhr es Rose.

»Ich? Wie kommen Sie darauf? Nein, mir ist sie unbekannt.«

»Tatsächlich? Ihre Tante kennt sie aber sehr wohl!«

»Meine Tante? Hören Sie, ich habe nicht die geringste Ahnung, was hier vor sich geht. Den Namen Abigail hörte ich schon, stimmt. Tante Marie hatte eine Kusine solchen Namens, die in Amerika lebte. Ist diese Frau etwa eine Verwandte?«

»Möglich«, erwiderte Rose kurz angebunden.

»Ich bitte Sie inständig: Wenn Sie mehr wissen, reden Sie!« Jeffs Ton war genervt, als er hinzufügte: »Ich befürchte, meine schlimmen Vorahnungen bewahrheiten sich.«

»Ach, welche Vorahnungen hatten Sie denn?«, fragte Ulla interessiert.

»Dass sich hier ein Orkan zusammenbraut. Ich spüre zwar, dass Sie mir aus irgendeinem Grunde misstrauen«, fuhr Jeff fort, »ich habe sogar Verständnis dafür. Aber ich bitte Sie noch einmal, wenn Sie etwas wissen sollten, das von Wichtigkeit für mich ist, geben Sie mir Auskunft.«

Maries Kinder

Alex überlegte kurz, sah zu den anderen, die nickten, und dann gab er sein Wissen preis: »Ich hörte ungewollt ein Gespräch zwischen Ihrer Tante und Cassandra Abigail mit an. Letztere behauptete, die Tochter Ihrer Tante zu sein.«

Jeffs Gesichtsausdruck war voller Überraschung. Dann lachte er: »Nein, da müssen Sie sich aber verhört haben. Meine Tante hat keine Kinder. Sie hasst Kinder wie die Pest. Aber Cassandra könnte May Abigails Tochter sein.«

»Ich kann nur berichten, was ich hörte. Und ich habe mich ganz sicher nicht verhört. Wo ist eigentlich Ihre Tante?«

»Diese Frage stellte ich mir schon vor Stunden.«

»Wieso sind Sie eigentlich hier? Aus Sorge um Ihre Tante?«

»Es fühlt sich ganz so an, als ob das hier ein Verhör wird. Aber ich will Ihnen gern antworten. Tante Marie rief mich nach dem Vorfall mit dem Hund an. Sie wollte, dass ich überprüfe, wo sich ihr Vetter August, mein Onkel, zurzeit aufhält. Offensichtlich verdächtigt sie ihn dieser Tat. Sie kann sehr boshaft sein und hat Onkel August nicht immer menschenwürdig behandelt.«

»Wo befindet sich denn Ihr Onkel?«, fragte Alex

»Mit Jugendlichen in einem Ferienlager am Bodensee.«

»Da haben Sie aber falsch ermittelt«, tadelte Rose. »Ihr Onkel ist hier im ›Hotel Bel Air‹.«

»Mein Onkel ist hier? Das wird ja immer schöner.« Jeff

Deprieux schüttelte den Kopf und murmelte: »Aber das musste ja einmal so kommen!«

»Was musste so kommen?«, verlangte Alex zu wissen.

»Himmel, ich weiß es ja selbst nicht. Aber all das Übel, das sie in ihrem Leben säte, wird sie wohl irgendwann ernten.«

Dieser Gefühlsausbruch Jeffs schien nicht gespielt.

Alex wiederholte noch einmal: »Cassandra Abigail war fest davon überzeugt, Marie Deprieux' Tochter zu sein.«

»Herr …?«

»Alex, nennen Sie mich einfach Alex.«

»Alex, das ist rein unmöglich. Meine Tante hätte nie ein Kind ausgetragen. Sie hätte dieses Problem mit Geld geregelt. Sie regelt immer alles mit Geld! Marie Deprieux und ein Kind! Der Gedanke ist absurd. May, ihre Kusine aus Amerika, hatte ein uneheliches Kind.« Er stockte.

»Warum reden Sie nicht weiter?«

»Die Worte meiner Mutter fielen mir gerade ein.«

In diesem Moment trat eine Polizistin in die Bibliothek und bat Jeff mitzukommen.

Emma flüsterte: »Stellt euch mal vor, wir hätten ihm erzählt, dass seine Tante drei Kinder hat.«

Der Rezeptionist betrat den Raum: »Herr Möller, es ist ein Päckchen für Sie angekommen. Bitte unterzeichnen Sie die Quittung.«

Alex grübelte: »Wer außer Tessa und Milla weiß denn, dass ich hier im Hotel bin?«

Eine Luxemburger Briefmarke klebte auf dem Umschlag, die Absenderadresse fehlte. Neugierig öffnete Alex das Päckchen. Im Päckchen befand sich ein Kästchen. Als Alex den Deckel des Kästchens öffnete, wurde er blass.

»Hast du ein Gespenst gesehen?«, rief Rose.

Alex zeigte ihnen den Inhalt.

»Heilige Maria«, stotterte Ulla. »Das ist das ›Ding‹.«

Alex reichte ein beiliegendes Kärtchen an Emma weiter, die laut vorlas: »Hüten Sie es gut. Ich vertraue Ihnen. C. A.«

»Gescheites Mädchen, diese Cassandra«, stellte Emma fest und begutachtete das »Ding«. »Das hier ist die Hälfte eines Medaillons. Ein Vermögen halten wir da in den Händen. Seht mal, welche Größe diese Diamanten haben. Und dieser Rubin, der in der Mitte geteilt ist. Ein selten schönes Exemplar. Alex, bring das schnell in den Safe einer Bank.«

»Tu ich, gleich nachher. Aber wer ist wohl im Besitz der zweiten Hälfte?«

»Wir müssen mit diesem Pater Augustus reden«, sagte Rose voller Tatendrang. »Wir wissen ja, wo wir ihn finden. Hinter der Tür neben Alex' Zimmer. Und er müsste etwa im Alter von Marie Deprieux sein.«

Die Polizistin erschien wieder und rief den nächsten Zeugen auf: »Ulla Heinz!«

Ulla folgte ihr und Emma ließ das Schmuckstück schnell in ihre Handtasche gleiten.

Puzzleteile fügen sich zusammen

Nachdem alle bei der Polizei ausgesagt hatten, saßen sie noch eine Weile zusammen. Die Stimmung war gedrückt. Jeff Deprieux war nach der Protokollierung seiner Aussage nicht mehr zu ihnen zurückgekehrt. Alex bereute im Geheimen, ihm so viel seines Wissens preisgegeben zu haben. Er war sich nicht sicher, ob er diesem Mann trauen konnte. Vielleicht war es außerdem eine Riesendummheit gewesen, dass er in Absprache mit den anderen der Polizei seine Kenntnisse verschwiegen hatte.

Emma unterbrach seine trüben Gedanken: »Alex, was hast du? Was bedrückt dich? Hegst du Zweifel, dass wir uns richtig verhalten?«

»Ja, ich glaube, wir hätten der Polizei das, was ich mitangehört habe, und unsere Vermutungen mitteilen sollen. Ich spüre, das wächst uns alles über den Kopf. Das ist kein Spiel!«

»Hm«, brummte Emma, »das Medaillon ist zwar im Moment bei mir in Sicherheit, aber sollten wir nicht vielleicht diesen Jeff einmal damit konfrontieren?«

»Bist du nicht bei Trost?«, ereiferte sich Rose. »Um auch überfallen und vielleicht totgeschlagen zu werden? Nee Emma, das lassen wir mal schön sein. Jeff Deprieux scheint nett zu sein, aber so empfand ich es bei seiner Tante anfangs auch. Am Ende ist er genau wie die Alte.«

Dann sprach Emma weiter: »Um mir die Wartezeit zu vertreiben, telefonierte ich mit Freunden und habe einiges über die Deprieux' herausgefunden. Die Firmengründer machten ihr Geld mit Diamanten. Ich sage,

Gründer, denn anfangs waren es zwei. Sie besaßen Minen in Südafrika, die sie in späteren Jahren zu sehr hohen Preisen abstießen. Das könnte eine Erklärung dafür sein, warum ein so wertvolles, mit unbezahlbaren Diamanten besetztes Medaillon im Familienbesitz ist.«

Alex war nicht wohl bei dem Gedanken, für dies kostbare Schmuckstück nun die Verantwortung zu tragen. Er stand auf, sagte entschuldigend, er müsse nach all den verwirrenden Geschehnissen ein wenig alleine sein, rausgehen, frische Luft einatmen.

Die Frauen folgten wenig später. Rose sah Jeff Deprieux an der Rezeption stehen und seinen Zimmerschlüssel entgegennehmen.

Im selben Moment betrat Alex das Hotel wieder, stutzte und stellte sich Jeff in den Weg.

»So, und nun hören Sie mir mal gut zu. Hier läuft vieles aus dem Ruder. Diese ganze Geschichte behagt mir nicht. Ich werde die Polizei informieren, ich hätte das eigentlich sofort tun sollen.«

Jeff hob beschwörend die Hände: »Bitte tun Sie das nicht. Bitte geben Sie mir eine Galgenfrist bis morgen Nachmittag, um die Dinge zu klären. Ich selbst werde mit Sachen konfrontiert, die mir bis zu diesem Zeitpunkt unbekannt waren. Erst muss ich mit meinem Onkel reden, der ist aber im Moment nicht auffindbar. Meine Tante ist noch nicht ins Hotel zurückgekehrt und ihren undurchsichtigen Chauffeur Carlos, ihren ständigen Begleiter, hat noch niemand im Hotel gesehen. Ich versuche alle Beteiligten morgen um 15 Uhr im ›Bel Air‹ zu versammeln. Meinen Vater habe ich auch hergebeten. Vielleicht kann er seinen Teil zur Klärung dieser

Geschichte beitragen. Bitte geben Sie mir etwas Zeit. Ich verstehe diesen Irrsinn ja auch nicht. Danach können Sie handeln, wie es Ihnen beliebt. Ich werde Sie nicht davon abhalten.«

Alex zögerte. Rose trat zu ihm, legte ihre Hand auf seinen Arm und sagte beschwichtigend: »Machen wir es doch so. Auf einen Tag mehr oder weniger kommt es nun auch nicht mehr an. Außerdem habe ich meinem Anwalt einen Brief zugestellt, in dem alles Notwendige steht für den Fall, dass uns etwas zustoßen sollte.«

Alex und Jeff sahen sie irritiert an und Jeff stotterte: »Sie denken doch nicht, ich wolle Ihnen etwas antun?«

»Ich denke nur, dass es besser ist vorzusorgen!«, erwiderte Rose.

Alex nickte schweren Herzens: »Gut, machen wir es so.«

Dankend begrüßte Jeff die Entscheidung und erklärte. »Und sollte Cassandra Abigail tatsächlich Marie Deprieux' Tochter sein, bin ich der Letzte, der ihr ihr Erbe streitig machen wird.«

Als er sich entfernte, fragte Alex Rose: »Stimmt das tatsächlich mit dem Anwalt?«

»I wo, aber ich war sehr überzeugend, oder? Ich kenne dieses Szenario aus Filmen! Zeigte aber Wirkung!«, kicherte Rose.

Alleine auf seinem Zimmer tätigte Alex zwei Anrufe. Zunächst sprach er mit Tessa, dann wählte er die Nummer des Spitals in Ettelbrück. Er wollte wissen, wie es um Cassandra Abigail stand, bekam aber nur zu hören, es sei nicht erlaubt, Auskunft zu geben. Nach längerem Hin und Her und dank seiner Hartnäckigkeit wurde ihm dann aber doch mitgeteilt, dass die Verletzte zwar außer Lebensgefahr, aber ihr Zustand durch unzählige Knochenbrüche und Platzwunden sehr ernst sei. Besuche seien momentan nicht erlaubt.

Das Abendessen nahmen sie gemeinsam mit Professor Lannert und Liam O'Connor ein. Die beiden hatten einen Tagesausflug ins Ösling in die Ausläufer der Ardennen gemacht und erzählten begeistert von ihren Erlebnissen. Dann drehte sich das Gespräch wieder um die Hotelereignisse. Der Professor verwarf den Gedanken, dass ein Fremder etwas mit dem Überfall auf Cassandra Abigail zu tun haben könnte. Noch nie seien hier Leute im Wald überfallen worden.

»Wie kam es, dass ihr sie gefunden habt?«, fragte er dann.

»Das war Zufall! Ihr knallroter Schal hatte sich in den Ästen verfangen. Ulla wurde erst auf den Schal aufmerksam, dann erblickte sie die Abigail, die in verkrümmter Haltung in der kleinen Schlucht lag.«

»Vielleicht wollte die Deprieux sie mundtot machen? Oder das ›Ding‹ wiederhaben?«, vermutete der Professor.

»Wenn das so wäre, dann muss das jemand für sie erledigt haben. Die würde sich selbst die Finger nicht schmutzig machen. Außerdem wäre sie der viel kräftigeren und jüngeren Cassandra in ihrem Alter in einem Kampf nicht gewachsen«, meinte Emma.

»Nur zu eurer Information«, wandte sich Alex an den Professor und den Pianisten, »bei dem ›Ding‹ handelt es sich um die Hälfte eines wertvollen Medaillons. Das wisst ihr noch nicht.« Alex berichtete ausführlich.

»Vielleicht war es der Chauffeur«, mutmaßte Liam.

»Alle Beteiligten waren zur Tatzeit außer Haus. Alle Beteiligten sind wie vom Erdboden verschluckt«, stellte Alex fest.

Eine Stimme sagte hinter ihnen: »Ist noch Platz an eurem Tisch für ein neugieriges Frauenzimmer?«

»Tessa!«, rief Rose aus. »Schön, dich zu sehen. Setz dich, Kind.«

O'Connor sprang auf, umarmte sie. Rose runzelte die Stirn.

»Ich kann euch doch nicht alleine hier rumrätseln lassen«, lachte Tessa gutgelaunt. »Habt ihr neue Erkenntnisse?«

Allgemeines Kopfschütteln.

»Ich sah diesen Pater Augustus eben an der Rezeption. Er traf gemeinsam mit mir hier ein. Ich hörte, wie die Dame in der Rezeption sagte: ›Guten Abend, Herr Deprieux. Ihr Neffe hinterließ eine Nachricht für Sie.‹ Es ist ein gutaussehender älterer Herr mit dichtem weißen Haar. Sehr gepflegt. Ohne Kutte und Kreuz.«

Die Versammlung soll Klarheit bringen

In diesem Moment betraten Jeff und zwei ältere Herren den Raum. Jeff steuerte auf die Gruppe der Freunde zu und stellte seine Begleiter als seinen Onkel und seinen Vater vor. Dann wünschte er ihnen einen guten Appetit und verabschiedete sich mit den Worten: »Wie versprochen sehen wir uns alle morgen. Und nochmals danke für Ihr Verständnis.«

Alex sagte schnell, auf Liam und den Professor deutend: »Diese Herren werden uns begleiten. Sie haben ebenfalls mit den Ereignissen zu tun, die uns hier beschäftigen.«

Jeff wirkte verwundert, nickte aber.

Zum Frühstück am nächsten Tag ließen sich weder Marie Deprieux noch ihr Chauffeur und treuer Helfer Carlos Martin blicken.

Am Nachmittag gegen 15 Uhr waren alle anwesend, die nur im Entferntesten in die Geschichte verwickelt waren. Die sonst so fröhliche Damenrunde saß in stiller Erwartung beisammen. Rose war unruhig und nervös, Ulla wirkte bedrückt und Emma war noch schweigsamer als sonst. Alex ertappte sich dabei, dass er fortwährend auf seine Uhr starrte, so, als könnte er die Zeiger zwingen, schneller auf 15 Uhr vorzurücken.

Der Direktor hatte ihnen das Restaurant neben der Bar zur Verfügung gestellt, damit sie ungestört waren. Der Professor hatte sich entschuldigen lassen. Er selbst konnte ja nichts zur Aufklärung der Geschehnisse beitragen. Zudem hatte er eine Verabredung mit seinem

Sohn, die er nicht absagen wollte. Auch die Eltern der Zwillinge waren anwesend, die unwohl und verunsichert wirkten.

Auf August Deprieux deutend, sagte die Frau, ihr Hiersein entschuldigend: »Der Herr dort bat uns, uns hier einzufinden. Er sagte, es sei sehr wichtig.« Das Paar stellte sich als Juliette und Alain Monet vor.

Kurz darauf flog die Tür auf und Marie Deprieux und ihr Begleiter Carlos Martin betraten den Raum. Madame blickte sich hoheitsvoll um, suchte mit den Augen den Saal ab und verzog dann den Mund zu einem spöttischen Lächeln. Alle Familienmitglieder waren da, alle, bis auf die toten! Aber was machten all diese Fremden hier? Und wie steif und verkrampft saßen alle da. War das hier eine Hinrichtung? Na gut, sollten sie richten. Die erhoffte Genugtuung bliebe ihnen aber ganz sicher verwehrt. Sie setzte sich an den Kopf des langen Tisches, so wie sie es immer tat. Sie liebte es, ihre Macht auszuspielen, sie war es gewohnt, das Sagen zu haben, sie kannte es nicht anders. Auch heute würde sie den Kurs bestimmen, nicht die Anderen. Dessen war sie sich sicher. Sie sah alle der Reihe nach an. Sie lächelte. Doch plötzlich verschwammen die Gesichter vor ihr. Nicht doch, nicht zurückblicken, ermahnte sie sich. Nicht jetzt! Aber es war schon zu spät. Ihre Gedanken hatten sich, wie so oft, selbständig gemacht. Die Bilder, von denen sie nicht loskam, überwältigten sie erneut. Sie sah eine junge Marie in einem prachtvollen Abendkleid über die Tanzfläche schweben, spürte das Gefühl der jugendlichen Leichtigkeit. Sie war glücklich in Philippes Armen. Sie beide waren das schönste Paar des Abends. Gerade einmal siebzehn Jahre alt war sie, aber sie wusste, Philippe würde sie einmal heiraten. Sie liebte ihn. Zudem rechnete ihr Vater fest mit dieser Vermählung. Zwei reiche, wichtige Geschäftshäuser wären dann vereint. Aber es kam anders. Philippe zog sich zurück, heiratete eine andere, ihr blieb das vernichtende Gefühl der Demütigung, das sie niemals verwunden hatte: die Schmach ihres Lebens. Sie zwang sich zurück in das Hier und Jetzt, versteifte den Rücken und nahm eine noch geradere Haltung an.

»Kommen wir zur Tagesordnung. Was bezweckt diese Versammlung?«, fragte sie schneidend.

»Wir sind hier, wie ich dir bereits sagte, um Klarheit zu schaffen«, erwiderte Jeff.

»Klarheit? Worüber? Und vor allem: Was machen all diese Fremden hier?«

»Das wirst du gleich hören.«

Ehe Jeff weitersprechen konnte, wurde er von einem Unbekannten unterbrochen, der als Letzter den Raum betreten hatte und nun die Tür hinter sich schloss. Der Fremde nickte in die Runde und sagte: »Gestatten Sie, dass ich mich vorstelle. Mein Name ist Daniel Duchamps. Ich bin ein Freund des verstorbenen Gerard Mercier. Ich spreche in seinem Namen. Ich denke, ich kann zur Klärung einiger Sachverhalte etwas beitragen.«

Ein Raunen ging durch den Raum.

»Nehmen Sie Platz«, bat Jeff, »wir sind gespannt zu erfahren, was Sie uns später zu berichten haben.«

Dann wandte er sich an seine Tante und forderte sie auf zu sprechen. Er drang in sie, die ganze Wahrheit zu sagen und Klarheit in die Geschehnisse der letzten Tage zu bringen. Insbesondere solle sie ihr Gewissen erleichtern und bestätigen, dass Cassandra Abigail ihre Tochter sei.

»Wahrheit! Klarheit! Gewissen! Mein Gott, Jeff! Dramatische Worte! Rühre nicht an alte Geschichten. Wem sollte das etwas bringen? Die alten Zeiten sind Vergangenheit! Was zählt, ist das Heute und Jetzt!«

»Tante, bitte! So leicht kommst du nicht davon.«

»Was dich betrifft, mein Lieber«, höhnte Marie Deprieux, »bin ich mir sicher, du wünschtest dir, nie nach der Wahrheit gefragt zu haben, wenn du sie aus meinem Mund erfährst. Es war ein Fehler, mir nachzureisen.«

Sie sah sich in die Enge getrieben. Jeff würde nicht nachgeben. Er war unbeugsam. Zumindest hierin erwies er sich als ein echter Deprieux. Sie begriff, dass es sinnlos war, diesem Gespräch auszuweichen. Die Stunde der Wahrheit war eingeläutet.

Erneut hörte sie ihren Neffen fragen: »Ist Cassandra Abigail deine Tochter? Hast du mit ihrem schrecklichen Unfall etwas zu tun?«

»Kein Haar krümmte ich ihr.«

»Du selbst nicht, aber waren es deine Leute?«

»Ich bitte dich, Jeff!«

»Sprich endlich. Wie Onkel August von deiner Kusine May auf dem Sterbebett erfuhr, hast du nicht nur ein, sondern drei Kinder geboren. Wo sind diese Kinder? Was ist mit ihnen geschehen? Du hast nun die Wahl, dich zu erklären oder der Polizei alles zu erzählen. Das dürfte ein gefundenes Fressen für die Presse sein – zum Schaden des Hauses Deprieux.«

»Du willst mir drohen? Da kann ich nur lachen! Nun

denn, wie du willst, höre diese Wahrheit, die Klarheit bringen soll, an. Doch hüte dich, denn sie könnte dein Leben verändern:

Es war mein fünfunddreißigster Geburtstag, als ich feststellte, schwanger zu sein. Schwanger? Ich? Ich war fassungslos. Ich tobte, hoffte zuerst mich zu irren, aber es war und blieb so. Ich wollte weder Kinder noch einen Mann an meiner Seite. Die Priorität meines Lebens war die Firma. Seit Vaters Schlaganfall hielt ich die Zügel des Unternehmens fest in der Hand. Ich wurde meiner Verantwortung mehr als gerecht. Das musste sogar mein Vater einsehen. Obwohl ich kein Sohn war, sondern nur eine Tochter. Und nun sollte ich schwanger sein! Das konnte und durfte nicht sein. Ich musste mich dieses Problems so schnell wie möglich entledigen. Doch die Schwangerschaft war bereits zu weit fortgeschritten. Es fand sich kein Arzt, der eine Abtreibung vornehmen wollte. Sogar mein Geld tat nicht die übliche Wirkung. Zu allem Überfluss hieß es noch: Eine Mehrlingsgeburt sei nicht auszuschließen. Ein Albtraum! Eine Katastrophe! Ich musste handeln, bevor mein Zustand von meiner Umgebung bemerkt wurde. In meinen düstersten Stunden sah ich mich in die Mutterrolle gedrängt und dich, Friedrich, die Leitung der Firma übernehmen. Dazu durfte es nicht kommen. Es war meine Firma und du warst zudem nicht fähig sie zu leiten. Da mein Vater einen Narren an dir gefressen hatte, hätte er nicht gezögert, dich mir vorzuziehen. Eine Lösung musste sofort herbei. Die Lösung fand sich in Gestalt von May Abigail. Meine unscheinbare Kusine aus Amerika. Unsere Mütter waren Geschwister, standen sich immer sehr nahe. Mays

Mutter war enterbt worden, weil sie sich mit ihrem Lover nach Amerika abgesetzt hatte. Dank meiner Mutter verbrachte May aber jedes Jahr die Sommerferien bei den Deprieux'. Nach Mutters Tod brach der Kontakt ab. Bis auf die Weihnachtsgrüße, die jedes Jahr per Post über den Atlantik kamen. Mays Eltern waren, als sie ein junges Mädchen war, mit dem Auto verunglückt. Die Mutter war sofort tot, der Vater überlebte mit schwerem Hirnschaden. Ich hatte nun einen Plan. Vater erklärte ich, eine Auszeit nehmen zu wollen. Kusine May benötige dringend Familienunterstützung in einer Notlage. Vater nahm dies wortlos zur Kenntnis.

May freute sich, als ich ihr mein Kommen ankündigte. Als sie aber den wahren Grund meiner Anreise begriff, war sie entsetzt. Es dauerte eine Weile, bis meine Überredungskünste fruchteten. Den Ausschlag gab, dass ich versprach, ihren Vater in einem exquisiten Pflegeheim unterzubringen und für seinen Unterhalt aufzukommen. Zweitens würde ich ihr und ihrer Sippschaft durch großzügige monatliche Zahlungen ein sorgloses Leben sichern. Nach außen sollte unsere Geschichte folgendermaßen lauten: May war schwanger, alleinstehend mit finanziellen Problemen, bei denen ich ihr zur Seite stand. Alles im Andenken an meine Mutter, die May wie eine Tochter geliebt hatte. May kündigte ihre Stelle als Krankenschwester und wir reisten nach Europa. In Italien mieteten wir in einem abgelegenen Kaff ein schäbiges kleines Haus. Diese Zeit möchte ich aus meinem Gedächtnis streichen. Fakt ist, drei Buben erblickten zum errechneten Zeitpunkt das Licht der Welt und meine eigene Welt lag in Schutt und Asche. May stand mir als

Krankenschwester bei der Geburt bei. Alles ging gut. Nach der Geburt tauschten wir unsere Pässe. May fuhr ins Dorf und holte den einzigen Arzt, den es in dieser trostlosen Gegend gab. Es war ein älterer Mann, der ohne zu fragen den Geburtsschein für einen Jungen ausstellte. Zwei der Drillinge hatte May gut und in sicherer Entfernung versteckt, bis der Arzt weg war. Als nächster Schritt musste die Geburt amtlich registriert werden. May regelte alles. Das Kind erhielt den Namen Abigail, in den Papieren hieß es: Vater unbekannt.«

»Du gabst dich als May Abigail aus, während sie als Marie Deprieux auftrat?«, fragte Jeff noch einmal nach.

»Kluger Junge, du hast es begriffen«, spöttelte seine Tante und fuhr fort. »May war ganz vernarrt in diese Schreihälse. Sie tat sich schwer mit unserer Abmachung. Ich selbst lebte in beständiger Angst, unverhofften Besuch vom Arzt oder einem Dorfbewohner zu bekommen. Wir mussten von dort weg. Ich hatte eine Mehrlingsgeburt überstanden, alles andere würde ich nun auch noch bewältigen. Das größte Problem war jedoch May. Sie wollte sich von keinem der Kinder trennen und ein heftiger Streit entbrannte zwischen uns. Doch ich setzte sie unter Druck. Sie war gezwungen nachzugeben. Nach dem Aufbruch mit dem angemieteten Auto entledigten wir uns wohl überlegt und an geeigneter Stelle unserer Fracht.«

»Fracht?«, entfuhr es Rose zornig.

»In Rom«, fuhr die Firmenpatriarchin unbeirrt fort, »buchte ich einen Flug nach Paris und May flog mit Case, so hatte sie das Kind genannt, zurück in die Staaten. May würde unser Geheimnis gut wahren, davon war ich überzeugt. Sie konnte keine eigenen Kinder bekommen und wollte Case auf keinen Fall verlieren«, schloss Marie Deprieux ihren Bericht.

Es war still im Raum. Bestürzung spiegelte sich auf den Gesichtern. Alle dachten wohl das Gleiche: Wie kann ein Mensch so kalt, so herz- und gewissenlos sein?

»Und die Geschwister von Case – hast du dich nie gefragt, was aus deinen beiden anderen Söhnen geworden ist?«, unterbrach Jeff die Stille, er war aschfahl im Gesicht.

»Nein. Was ging das mich noch an?«

Jeff schlug mit der Faust auf den Tisch. »Tante Marie, wo ist dein Gewissen?«

»Wieso soll ich mich um Menschen sorgen, die mir fremd sind?«, erwiderte diese gleichgültig.

»Fremd!? Du hast sie neun Monate in dir getragen. Du hast sie geboren. Ihre ersten Tage auf dieser Erde miterlebt. Sie sind dein Fleisch und Blut.«

»Eine schreckliche Zeit war das für mich. Warum fragst du nicht, wie es mir ging, was das alles für mich bedeutete? Du verstehst das nicht, du wirst es nie verstehen. Wir sind nicht aus dem gleichen Holz geschnitzt.«

»Da hast du allerdings recht. Hast du nie das Bedürfnis gehabt, Cassandra wiederzusehen, dein Kind in die Arme zu schließen?«

»Case, nicht Cassandra! Cassandra existierte zu dieser Zeit noch nicht. Ich war froh, ihn nie wiedersehen zu müssen. May war seine Mutter. Ich zahlte und May hielt sich an die Abmachung. So laufen Geschäfte eben. Bei guten Geschäftsabschlüssen ist jeder zufrieden. Wie du siehst: Case, vielmehr Cassandra, ging es gut. Dank meinem Geld.«

»Wieso hält sich Cassandra im ›Bel Air‹ auf? Woher weiß sie von ihrer Herkunft?«

»Keine Ahnung. Sie tauchte auf und überhäufte mich mit Vorwürfen. Ich kannte sie ja nicht einmal. Ich wusste zudem nicht, dass Mays Sohn …«

»Dein Sohn«, stellte Jeff richtig.

»Mays Sohn«, fuhr die alte Dame unbeirrt fort, »der nun eine Frau ist.«

Unerbittlich urteilte Jeff: »Du hast das Leben von drei Menschen ruiniert und May hat sich mitschuldig gemacht.«

»Ruiniert? Jeff, du übertreibst maßlos. May und Cassandra fehlte es an nichts und May war sicher eine bessere Mutter, als ich je hätte sein können. Ruinös ist allerdings dein Wahrheitswahn, mit dem du den guten Ruf und das Ansehen der Deprieux' zerstörst.«

»Guter Ruf? Ansehen?«, Jeff erhob seine Stimme. »Wie kannst du es wagen, diese Worte zu benutzen? Du hast deinen Kindern nicht nur die Mutter, sondern auch ihren Vater vorenthalten. Und dem Vater seine Kinder. Es wird Zeit, dass du uns den Namen des Vaters der drei Geschwister nennst.«

»Der Vater ist unbekannt, so war es und so bleibt es«, sagte Marie Deprieux fest und fügte hinzu: »Ich rate dir dringend, wecke nicht die bösen Geister der Vergangenheit.«

Nach dieser Antwort hob August Deprieux bittend die Hände: »Marie, bitte! Mach reinen Tisch. Es ist Unheil genug passiert, vielleicht lässt sich ja ein wenig davon wieder gutmachen. Bitte sag die Wahrheit. Ist Gerard der Vater? Gerard Mercier?«

An dieser Stelle konnte Liam O'Connor nicht mehr an sich halten: »Er hat mich als seinen Sohn bezeichnet«, platzte er heraus.

Marie sah Liam interessiert an: »Ah ja, hat er das? Sieh einer an, der gute Gerard hatte also die Vorstellung, einen Sohn mit mir gezeugt zu haben? Wie kam er denn auf diese verrückte Idee? So viel Fantasie hätte ich diesem schwachen Mann nicht zugetraut. Und? Sind Sie sein Sohn? Meiner jedenfalls nicht.«

»Nein, Madame, ausgeschlossen.«

Marie ließ ein verächtliches Lachen hören: »Gerard war schon, als ich ihn kannte, ein sentimentaler Trottel. Und das ist er anscheinend auch geblieben.«

Das war die Gelegenheit für Daniel Duchamps, das Wort zu ergreifen: »Nein Madame, ganz sicher war Gerard Mercier kein schwacher Mann. Er war der gütigste Mensch, dem ich je begegnet bin. Ein Mensch, den Sie allerdings fast zerstört hätten.«

»Was berechtigt Sie, so respektlos mit mir zu reden?«, fauchte die Deprieux. »War das alles, was sie vorzubringen haben?«

Daniel Duchamps lächelte milde: »Längst nicht alles. Aber ich will mich kurz halten. Ich will niemand langweilen. Ich wuchs im Hause Mercier auf. Meine Mutter arbeitete dort als Haushälterin. Ich kann sagen, alles was ich bin und kann, verdanke ich Gerard Mercier, der mir wie ein Vater war. Als jemand ihm diesen Zeitungsausschnitt zusandte«, er reichte den Teil einer vergilbten Seite einer italienischen Zeitung an die anderen weiter, »war Gerard schon schwer von seiner Krankheit gezeichnet und wusste, dass seine Tage gezählt waren.

Die Notiz unter dem Bild lautet, wie Sie sehen: ›Gerard Merciers und Maries Deprieux' Kind?‹. Der anonyme Absender wählte die Frageform, war sich offensichtlich nicht sicher, was Gerards Vaterschaft betraf! Ich fand dies einen geschmacklosen Scherz. Gerard aber war seit diesem Tag besessen von der Idee, einen Sohn zu haben. Seine Argumente klangen logisch, bis auf die Tatsache, dass Italien nicht in dieses Bild passte. Gerard jedoch ließ sich nicht beirren. Er hatte sofort eine Ahnung, um wen es sich bei diesem – seinem – Kind handeln könnte. Liam O'Connor. Der, wie ich selbst eingestehen muss, sehr große Ähnlichkeit mit Gerard in jungen Jahren hat. Auch Liams Alter passte. Mir aber schien das alles an den Haaren herbeigezogen. Bevor unsere Nachforschungen jedoch Resultate bringen konnten, verstarb Gerard. Zu gleichen Teilen vermachte er O'Connor und mir sein Vermögen. Liam O'Connor lehnte das Erbe ab, weil er ohne jeden Zweifel nicht Gerards Sohn ist. Irgendwie war ich aber nun gepackt von dieser Geschichte. Ich sagte mir, die einzig logische Schlussfolgerung könne nur sein, dass Marie Deprieux als junge Frau tatsächlich einmal schwanger war, das Kind aber verschwinden ließ. Was, wenn sie es womöglich ihrer Kusine May Abigail in Amerika anvertraut hätte? Gerard hatte diese Kusine des Öfteren erwähnt. Aber war Gerard überhaupt der Vater dieses Kindes? Und wie passte dieser Ausschnitt aus einer italienischen Zeitung zu meiner Vermutung, dass Marie Deprieux ihr Kind nach Amerika abgeschoben hatte? May Abigail war verstorben, wie ich bei weiteren Recherchen erfuhr, hinterließ eine Tochter namens Cassandra. Diese lebt in Zürich. Falsche Spur! Ich konzentrierte mich wieder auf das Bild, forschte gezielt in Italien nach diesem Jungen. Schließlich fand ich seine Spur. Dieses Kind wurde vor fünfundvierzig Jahren in einer Kirche ausgesetzt, im Alter von zwölf Jahren von einer Familie Peters aus Frankreich adoptiert. Mit dreißig wählte es den Freitod.«

»Mein Bruder!«, entfuhr es Juliette Monet. »Mein Bruder?« Diesmal waren die beiden Worte als Frage formuliert.

Duchamps sah sie fragend an.

»Juliette Monet«, stellte sie sich vor, »geborene Peters.«

»Dann wird es wohl so sein. Zur selben Zeit fiel mir eine Reportage über Cassandra Abigail und ihre Kunstgalerien in die Hände, in der nicht nur ihr Geburtsjahr, sondern auch ihr Geburtsort erwähnt wurde: ein Städtchen in Italien. Ich starrte wie elektrisiert auf diesen Artikel. Ich musste sofort diese Cassandra sprechen. Sie hatte Zürich verlassen. Wie man mir sagte, weile sie in Echternach, in diesem Hotel. Und so reiste ich hierhin. Denn wenn Gerard tatsächlich der Vater dieser Frau ist, dann ist es meine Pflicht, ihr zu sagen, welch guter Mensch dieser Mann war.«

»Dass Cassandra Abigail Marie Deprieux' Tochter ist, wissen wir«, stellte Jeff klar. »Und wir wissen, dass meine Tante eine Drillingsgeburt hatte. Der ausgesetzte Junge könnte also der zweite der drei Brüder sein. Aber wie kam dieser Junge denn zu Ihren Eltern, Juliette?«

»Er kam als Austauschschüler aus einem italienischen Waisenhaus zu uns nach Tours in Frankreich. Er war ein schwieriges Kind mit vielen psychischen Problemen, bedingt durch seine ungewisse Herkunft und die schwere

Zeit im Waisenhaus. Aber meine Eltern hatten ihn ins Herz geschlossen, wollten ihm helfen und ihm ein Zuhause geben. Die Adoption war schwierig, aber am Ende durfte er bei uns bleiben. Ich war damals erst drei Jahre alt. Doch trotz aller Liebe und Fürsorge holten ihn seine depressiven Schübe, unter denen er seit Kindheit litt, immer wieder ein und er nahm sich das Leben. Aber er war mir ein guter Bruder.« Sie wischte sich verstohlen die Augen.

Daniel Duchamps ergriff erneut das Wort: »Ich möchte, dass durch einen DNA-Test überprüft wird, ob Gerard Cassandras Vater ist.«

»Junger Mann, ich kann Ihnen versichern, dies ist nicht der Fall«, sagte darauf die Firmenchefin sehr fest.

»Wenn das nicht der Fall ist, Tante, wirst du uns nun den Namen des Vaters nennen«, sagte Jeff sehr bestimmt.

»In was bin ich da nur hineingeraten?«, rief Liam O'Connor aus. »Welches Ausmaß an Verwirrungen, Verirrungen, Zufällen kommt hier zusammen! All diese Leute sind heute durch Zufall hier vereint. Und durch Zufall wird hier eine Lawine losgetreten. Das ist zu viel für mein Fassungsvermögen.«

»Alles ist vorbestimmt«, meldete sich daraufhin die sonst so mundfaule Emma. »Alles kommt, wie es kommen muss. Zufall! Das Wort drückt es schon aus. Die Dinge fallen uns zu.«

»Was für einen Unsinn!«, zürnte die Firmenpatriarchin.

»Aber wir alle hätten gerne einige Erklärungen«, warf nun Juliette Monet ein. »Wer verschickte die Einladungen, dank denen wir hier gratis logieren?«, wollte sie wissen.

Nun war es August Deprieux, der sich räusperte und betont laut sagte, so als wolle er sich selbst Mut zusprechen: »Das war ich. Und ich will erklären, warum ich diesen Weg wählte. Als es May gesundheitlich schlecht ging, verbrachte sie ihre letzten Jahre bei Cassandra in Zürich. Ab und zu stattete ich ihr einen Besuch ab. Bei einem dieser Besuche erleichterte sie ihr Gewissen, indem sie mir die Geschichte, die Marie uns eben erzählte, anvertraute. Sie wollte die Schuld, die sie auf sich geladen hatte, nicht mit ins Grab nehmen. Sie wollte, dass ich nach den beiden anderen Söhnen Maries suche. Auch sollte nach ihrem Ableben Cassandra die Wahrheit über ihre Herkunft erfahren. Ich war zutiefst erschüttert. Nie hätte ich Marie und May zu so einer Tat fähig gehalten. Als May verstarb, tat ich erst einmal gar nichts, stellte mir die Frage, ob es nicht besser sei, alles zu lassen, wie es war. Dies wäre der bequemste Weg gewesen. Aber dann regte sich mein Gewissen und ich kam Mays letzter Bitte nach. Ich kannte ja durch sie die Orte, an denen die Kinder ausgesetzt wurden, und wurde schnell fündig. Nach der Mutter eines der Kinder wurde nach dessen Auffinden per Zeitungsaufruf mit Bild gesucht. Vom zweiten Kind war in der Presse nicht die Rede. Auch Nachfragen bei Behörden ergab keine Hinweise. Es wurde nie ein zweites Kind gefunden. Mit Cassandra zu reden brachte ich nicht über mich. May hatte Vermutungen angestellt, dass Gerard Mercier der Vater der Drillinge sein könnte. So schickte ich Gerard den Zeitungsausschnitt mit der Suchmeldung und schob ihm den schwarzen Peter zu. Was ich mir dabei dachte? Ich hoffte, dass Gerard nun alles regeln würde. Mir ist schon klar, ich handelte genauso feige wie May. Durch Zufall erfuhr ich von Bekannten, dass Gerard Liam O'Connor als seinen Sohn bezeichne. Diese Leute nahmen an, seine Krankheit verneble seine Sinne. Was hatte ich da nur angerichtet! Dann kam mir die Idee, euch alle hier zu versammeln und euch zu bitten, mir zu helfen reinen Tisch zu machen. Von Marie wusste ich, dass sie, wie fast alle Jahre zuvor, auch in diesem Jahr hier Urlaub machte. Allerdings, Cassandra bat ich nicht hierhin. Dazu konnte ich mich nicht überwinden. Wieso sie hier ist, weiß ich nicht. Nun liegt sie, die ich schützen wollte, schwer verletzt im Krankenhaus. Ich habe alles falsch gemacht, alles!«

Alex dachte: »Und immer noch gibt es mehr Fragen als Antworten in dieser Geschichte.« Er sah seine Freundinnen an, die wohl das Gleiche wie er dachten.

Ein Unheil kommt selten allein ...

In diesem Moment meldete sich erneut Jeff Deprieux zu Wort und sagte mit schneidender Stimme: »Es ist Zeit für die Wahrheit, Tante Marie: Wer ist denn nun der Vater deiner Kinder?«

Marie schüttelte missbilligend den Kopf und erwiderte: »Glaub mir, Jeff, das willst du nicht wirklich wissen.«

»Nicht nur ich, sondern alle, die wir hier versammelt sind, wollen es wissen: Wer ist der Vater von Cassandra und ihren Geschwistern?«

»Du willst es tatsächlich wissen?« Maries Deprieux' Stimme war voller Wut. »Und du glaubst, du kannst die Wahrheit ertragen? Ich habe dich gewarnt! Nun gut. Dieser Mann, der Vater meiner Kinder, ist hier, ist unter uns. Da sitzt er. Es ist der Vater!« Während sie sprach, hatte sie sich Friedrich Deprieux zugewandt und fügte feindselig hinzu. »Dein Vater ist der Verursacher dieser absurden Situation.«

Friedrich Deprieux stöhnte auf und erbleichte. Sein Sohn Jeff dagegen rief zornerfüllt:

»Hör auf mit deinen Verleumdungen!«

Alex war sprachlos und hätte den Raum am liebsten verlassen. Welches Unheil nahm hier seinen Lauf? Aber es ging Schlag auf Schlag weiter. Die Deprieux knallte ihre beringte Hand auf den Tisch:

»So ist es und nicht anders, ob es dir gefällt oder nicht! Friedrich, sag es deinem Sohn! Dass du seiner Mutter in einem schwachen Augenblick nicht treu warst. Alkohol, Lust, mehr war es nicht! Ein einmaliger Ausrutscher, der mir aber zum Verhängnis wurde.«

Friedrich Deprieux rang schwer atmend um Fassung: »Marie, mein Gott, ich hatte ja keine Ahnung! Was hast du getan? Ich hätte doch Verantwortung übernommen!«

Marie Deprieux schnaubte abfällig: »Verantwortung! So einfach war das damals nicht. Denn was wäre nach diesem Fehltritt aus mir geworden, aus mir?« Und an die im Raum Versammelten gewandt, fügte sie hinzu: »Sie wagen es, über mich Gericht zu sitzen und mich zu verurteilen? Aber ich sage Ihnen Folgendes: Ich bereue nichts, gar nichts! Hätte ich mich zu den Kindern bekannt und den Vater genannt, welch ein Skandal! Ich wäre gebrandmarkt gewesen, gesellschaftlich vernichtet. Und du, Friedrich, was denkst du, wie Vater reagiert hätte? Hätte ich deinen Namen genannt, wäre mein Schicksal besiegelt gewesen. Du hättest die Leitung der Firma übernommen, mir wäre die Mutterrolle zugefallen. Eine mir verhasste Rolle. Ich hätte die Kinder nie geliebt. War die von mir gefundene Lösung nicht besser für uns alle? Ich habe alles getan, um die Ehre der Deprieux' zu schützen und Schande von der Familie abzuwenden. Wer hier im Raum will mich dafür verurteilen?«

»Ehre? Schande? Wovon redest du?«, fragte Friedrich Deprieux erschüttert. »Was seid ihr bloß für Menschen, du und dein Vater?«

»Lass Vater in Frieden ruhen. Der hat hiermit nichts zu tun«, wiegelte die Deprieux ab.

»Dem ist leider nicht so«, antwortete Friedrich Deprieux mit gebrochener Stimme. »Ich denke, ich kann dir auch dieses letzte Geheimnis nicht mehr ersparen, dass mich seit langem schwer belastet. Heute sollen alle Karten offen liegen.«

»Vater, beruhige dich doch«, versuchte Jeff den alten Mann zu beschwichtigen, aber dieser ließ sich nicht beirren und fuhr fort: »Marie, dein Vater ist auch mein Vater.«

»Vater«, unterbrach ihn Jeff, »was redest du da? Bitte beruhige dich! Nimm Vernunft an!«

»Aber so ist es. Alle sollen hören und wissen, was die Deprieux für ehrenhafte Leute sind. Dein Vater ist auch mein Vater. Hörst du, Marie? Wir sind Halbgeschwister! Und wir haben Kinder gezeugt …« Unvermittelt begann er wie von Sinnen zu lachen.

»Lügner!«, heulte Marie Deprieux auf.

»Nein, genauso ist es. Ich konnte und wollte es auch nicht glauben, aber die Beweise liegen vor. Ich erfuhr diese Wahrheit erst nach seinem Tod. Da erzählte es mir meine Mutter. Aber es durfte ja niemand erfahren. Der Skandal! Die weiße Weste der Deprieux' durfte nicht beschmutzt werden. Nun wirst du auch besser verstehen, warum ich Onkels Liebling war. Ich war der Sohn, den er haben wollte, aber leider nicht vorzeigen konnte«, erklärte Friedrich Deprieux. Dann weinte er hemmungslos.

Totenstille hatte sich in dem Raum ausgebreitet. Marie Deprieux saß wie erstarrt da und murmelte, so als rede sie nur mit sich selbst:

»So war das also. Bei meiner Geburt, so erzählte man mir, ist meine Mutter fast gestorben. Danach konnte sie keine Kinder mehr bekommen. Ich erinnere mich, dass ich einmal belauschte, wie meine Mutter zu meinem Vater sagte: ›Aber Julien, was spielt es für eine Rolle, ob Sohn oder Tochter. Hättest du einen Sohn, garantiert das doch nicht, dass er ein guter Geschäftsmann und geeignet für deine Nachfolge wäre. Womöglich wäre er viel lieber Künstler, Lehrer oder Metzger. Deine Tochter, da bin ich sicher, wird diese Firma einmal besser leiten als ein Mann. Sie ist schlau, hat Biss. Du musst sie nur an die Hand nehmen und ein Stück des Wegs führen. Julien, du musst umdenken. Ich kann dir den Sohn, den du dir so dringend wünscht, nicht schenken.‹

Und als ich Anfang zwanzig war und mich in der Firma schon stark engagierte, wurde ich einmal Zeugin eines heftigen Streites zwischen meinen Eltern. Ich habe aber nicht begriffen, um was es ging. Als ich hinzukam, brüllte mein Vater gerade: ›... und den kann ich nicht vorzeigen. Und unsere Tochter ist einmal nicht fähig, den Mann zu halten, den ich für sie ausgesucht hatte, um unsere Unternehmen zu verschmelzen. Wie soll es ihr also gelingen, eine Firma zu leiten?‹ Dann knallte er die Tür zu und verließ fluchtartig das Haus. Mutter weinte und ich blieb unbemerkt. Drei Tage später hat sich meine Mutter das Leben genommen. Wahrscheinlich, so wird mir heute klar, hatte mein Vater ihr an jenem Tag offenbart, dass Friedrich sein Sohn ist. Mutters letzten Satz, bevor mein Vater ging, habe ich nie vergessen: ›Du hast doch eine so wunderbare Tochter. Wie konntest du mir, uns, das antun?‹ Ja, an diesem unseligen Tag muss sie es erfahren haben.«

Wütend wandte sie sich nun an Friedrich: »Und was denkst du, wäre passiert, wenn ich Vater gesagt hätte, ich sei schwanger von dir? Nicht auszudenken!«

»Mein Gott ...«, hauchte Jeff, der kurz davor war zusammenzubrechen.

»Lass Gott aus dem Spiel!«, zürnte seine Tante. »Du musstest ja die alten Geister wecken. Und nun werden sie keine Ruhe mehr geben und alles, was ich aufgebaut habe, zerstören. Ich hatte dich gewarnt!«

Das »Ding«

Alex raunte Emma etwas zu, worauf diese das Kästchen mit dem halben Medaillon aus ihrer Handtasche hervorzog. Als Marie Deprieux das Kästchen erblickte, sprang sie erstaunlich flink für ihr Alter auf und griff danach, um es Emma zu entwinden, aber Emma hielt es fest gepackt.

»Woher haben Sie das?«, zischte die Deprieux.

»Was geht hier vor? Was ist das?«, wollte Jeff wissen.

»Es ist ein Schmuckstück, in Anbetracht der Größe der Diamanten und des Rubins, die es zieren, dürfte es von großem Wert sein«, erwiderte Emma. »Ich gehe aber davon aus, dass der persönliche Wert, den es für die Familie hat, noch viel größer ist. Könnte es sein, dass Cassandra Abigail wegen dieses Medaillons überfallen und fast getötet wurde?«

»Darf ich es mir ansehen?«, fragte Jeff. Emma reichte es ihm über den Tisch. Währenddessen erklärte Alex, wie sie in den Besitz dieses wertvollen Stückes gekommen waren.

»Vater?« Jeff sah seinen Vater fragend an.

»Ja, es ist, was du denkst«, antwortete dieser.

»Dann kläre doch bitte alle Übrigen hier auf.«

»Es ist das Herz, das Fundament der Firma Deprieux. Man muss das ganze Medaillon besitzen, um alleiniger Herrscher über das Deprieux-Imperium zu sein, so ist es festgelegt. Aber ich will etwas weiter ausholen: Die Geschichte des Unternehmens begann mit Adrien Deprieux und Yan Steen, zwei unzertrennlichen Freunden, die sich aufmachten, um reich zu werden. Von ihren geringen Ersparnissen erwarben sie eine Mine in Südafrika und schürften Diamanten. 1854 wurden sie fündig. Sie fanden aber keinen Diamanten, sondern einen Rubinstein. Es war ein sensationeller Fund und Glückstreffer. Rubine findet man im Prinzip vorwiegend in Thailand, auf Sri Lanka, in Indien, in China und in Pakistan. Aber ab und zu kann lässt sich auch ein Rubin in Afrika finden. Ein Stein von unermesslichem Wert. Ein Stein, der den Findern alle Türen öffnete, gesellschaftliche wie finanzielle. Der Rubin wurde nie verkauft. Irgendwann wurde dann dieses Medaillon als Symbol ihrer Partnerschaft angefertigt und jeder erhielt einen Teil davon. Deprieux heiratete, Yan Steen blieb ledig. Als Adrien die Geburt seines ersten Sohnes feierte, schenkte Yan Steen diesem Kind seine Hälfte des Medaillons. An diesem Tag verließ er das Unternehmen mit der Begründung, die Zeit sei interessant gewesen, aber nun wolle er sich neuen Zielen zuwenden. Er sei vermögend genug und wolle keine Auszahlung, das Imperium solle in den Händen der Deprieux bleiben. Seit dieser Zeit ging die Firma jeweils an den ältesten Sohn über. Die Geschwister erhielten eine Abfindung. Ein Familiengesetz lautet auch heute noch: Der Eigentümer des Medaillons ist der rechtmäßige Besitzer der Firmen. Aber wie kommt Cassandra an die zweite Hälfte? Marie, weißt du etwas darüber?«

»Ich kann es nicht sagen. Als mein Vater starb, stellte ich fest, dass nur eine Hälfte des Medaillons im Tresor verwahrt lag. Zunächst dachte ich, Vater habe die zweite Hälfte Friedrich zukommen lassen, um mir übel mitzuspielen. Aber weder Friedrich noch sonst jemand klagte sie ein. Sie war und blieb verschwunden. Ich verlor kein Wort darüber, um meine Macht nicht aufs Spiel zu setzen.«

Jeff reichte Alex das Medaillon zurück: »Cassandra hat es Ihnen anvertraut. Cassandra ist nun die Partnerin meiner Tante – oder Sie, wenn Sie es behalten«, fügte er halb im Scherz, halb im Ernst hinzu. »Habe ich das so richtig verstanden?«

»Es liegt mir fern, es zu behalten«, beeilte sich Alex dennoch zu versichern, »aber ich will mich auch nicht wegen dieses Schmuckstücks in Gefahr begeben oder gar umbringen lassen.«

»Sie haben recht. Deponieren Sie es schnellstmöglich im Safe einer Bank.«

»Das werde ich sofort tun, wenn Sie dafür Sorge tragen, dass die Mitglieder Ihrer Familie und ihre Helfershelfer« – hierbei schaute er Carlos Martin an, der sich bislang zurückgehalten und still verhalten hatte – »mich nicht daran hindern.«

»Gehen Sie ohne Sorge«, beruhigte ihn Jeff.

Alex erhob sich mit einem mulmigen Gefühl, um das Angekündigte zu erledigen.

»Ich begleite dich«, entschied Emma schnell.

Als die beiden den Raum verlassen hatten, sah sich Jeff in der Runde um. Die meisten der Anwesenden schienen die schockierenden Eröffnungen noch nicht verdaut zu haben. Einige starrten betreten auf die Tischplatte. Sein Vater saß da wie ein Häufchen Elend, schien um Jahre gealtert. Nur Marie Deprieux senkte nicht den Blick und wirkte scheinbar unberührt.

»Das Gehörte ist unfassbar, ich muss es auch erst einmal verarbeiten«, unterbrach Jeff die Stille. »Ich bitte alle, die hier versammelt sind, nicht vorzeitig abzureisen. Ich habe noch so viele Fragen, so viel mit allen Beteiligten zu bereden. Und vor allem muss ich, müssen wir gemeinsam herausfinden, wer Cassandra das angetan hat.«

Und nachdem er eine kleinen Seufzer ausgestoßen hatte, fuhr er fort:

»Wenn ich alles richtig verstanden habe, ist Cassandra meine Halbschwester, und Ihr Bruder«, er deutete auf Juliette, »war mein Halbbruder. Und es gibt noch diesen dritten, auf mysteriöse Art verschwundenen Halbbruder, den es zu finden und in seine Rechte einzusetzen gilt. Ich werde alles dafür tun, um ihn ausfindig zu machen. Ich bin genauso erschüttert wie alle anderen hier im Raum über die Ungeheuerlichkeit des begangenen Unrechts. Ich will aber hier nicht urteilen oder verurteilen. Ich werde die Polizei einschalten und der Justiz das Richten überlassen. Und dich, Tante Marie, muss ich auffordern, das Haus vorerst nicht zu verlassen. Dasselbe gilt für deinen Helfer und Chauffeur. Übermorgen werden wir uns alle hier noch einmal treffen. Einverstanden?«

Alle nickten. Jeff erhob sich und verließ eiligen Schrittes den Raum. August und Friedrich Deprieux folgten, stolzen Hauptes schritt danach Marie Deprieux zum Ausgang, begleitet von Carlos Martin, der bis zu diesem Zeitpunkt kein Wort gesagt hatte.

»Diese Geschichte ist filmreif«, ließ Liam O'Connor verlauten, »ich bin wie betäubt, kann das alles noch nicht glauben.« Und sich an Daniel Duchamps wendend, sagte er: »Monsieur, die Erbschaft Ihres Ziehvaters ist unberührt. Mir steht sie nicht zu, aber Ihnen.«

Daniel Duchamps schüttelte den Kopf: »Eine noble Geste Ihrerseits, aber mir steht sie ebenfalls nicht zu.«

»Dann wäre es sicher angebracht, im Sinne von Herrn Mercier das Geld nützlich und wohltätig zu verwenden«, schaltete sich Rose ein.

»Die Idee dieser klugen Dame ist zu begrüßen«, stimmte Liam zu.

Als endlich Rose und Ulla allein waren, bat Rose ihre Freundin: »Zwick mich, damit ich spüre, dass ich das eben Erlebte nicht geträumt habe.«

Eine Stunde später waren Alex und Emma von der Bank zurück. Man setzte sich zusammen auf Alex' Balkon und jeder hing seinen Gedanken nach, bis Ulla sagte: »Marie und Friedrich Deprieux sind Halbgeschwister und Eltern von drei Kindern, der alte Deprieux betrügt seine Frau mit der Frau seines Bruders, und auch Jeff und Cassandra sind Halbgeschwister! In dieser Familie ist der Wurm drin! Und die Deprieux sitzt da wie ein Eisklotz. Mit erhobenem Haupt! Keine Spur von Reue!«

»Als sie vom Tod ihrer Mutter erzählte, kam bei mir fast Mitleid mit ihr auf, ich dachte, die Frau ist doch nicht so knallhart, wie sie tut«, sagte Ulla. »Vielleicht hat ihr das Leben übel mitgespielt!«

»Nun hör aber auf!«, protestierte Rose. »Die ist eiskalt.«

»Dabei sah sie doch anfangs wie eine nette alte Dame aus. Das alles hätte ich dieser Frau nicht zugetraut«, fügte Rose hinzu. »Weiß eigentlich jemand, wieso Friedrich und August Deprieux deutsche Vornamen tragen?«

»Weil wir eine deutsche Mutter hatten«, antwortete der eben Erwähnte vom Nachbarbalkon aus. In der Aufregung hatten sie ganz vergessen, wer ihr Zimmernachbar war, und auch ihre Stimmen während ihrer lebhaften Unterhaltung nicht gesenkt.

»Aber«, fuhr August fort, »zuhause ruft man mich mit der französischen Variante meines Namens: Auguste – gesprochen ›Ogüst‹. Entschuldigen Sie, ich wollte Sie nicht belauschen. Ich wollte Ihnen nur mitteilen, dass Jeff und ich morgen in Begleitung der Polizei Cassandra aufsuchen. Sie ist nun vernehmungsfähig.«

August Deprieux stellt sich vor

In diesem Moment schrillte Alex' Handy. Tante Milla meldete sich aus Venedig. Die Schiffsreise war beendet und sie war voll von Eindrücken. Nun wollte sie mit einer netten Bekanntschaft, einer Dame, wie sie lachend betonte, noch eine Woche zusätzlich in Venedig verbringen. Ihre letzten Worte lauteten:»Und bleib ein guter Junge.«

»Wenn deine Tante wüsste, was ihr guter Junge hier treibt, bekäme sie graue Haare. Wohlgemerkt, falls sie noch keine hat«, kicherte Rose.

Emma forderte über die Balkonbrüstung August Deprieux auf: »Leisten Sie uns doch noch ein wenig Gesellschaft, Herr Deprieux. Ich öffne Ihnen die Tür.«

Ihr Zimmernachbar ließ sich nicht lange bitten und folgte gern der Einladung. So erfuhren sie noch so manches Interessante über die Familie Deprieux. Sein Bruder Friedrich sei immer der Ruhigere, Unterwürfigere von ihnen beiden gewesen, erzählte August. Die Tatsache, dass er seiner Frau untreu war, war für August immer noch unbegreiflich. Jeffs Mutter sei eine nette, redliche Frau gewesen, die sich von Familienintrigen und der machtbewussten Marie fernhielt und dafür Sorge trug, dass Jeff ein ehrlicher und gerechter Mensch wurde. Eine Frau, die sich nicht von Marie blenden und vereinnahmen ließ. Er selbst sei immer der Außenseiter des Klans gewesen, habe sich nie in das System »Deprieux« eingliedern wollen. Habe auch nie in der Firma mitgearbeitet. Er sei Arzt gewesen, Chirurg. Habe in unterentwickelten Ländern gearbeitet. Mit Mitte sechzig sei er in Bayern einem Kloster beigetreten, dort kümmere er sich nun um Jugendliche, die auf der Straße lebten. Marie habe ihn immer verachtet. Für sie zählte nur die Firma. Diese betrachte sie als ihr Lebenswerk, für das sie über Leichen ginge. Zu May habe er immer Kontakt gepflegt, wäre aber nie auf den Gedanken gekommen, Cassandra könnte nicht deren leibliche Tochter sein. Von der Geschlechtsumwandlung habe er gewusst. Case habe schon im Kindesalter kein Junge sein wollen. Von dem Verhältnis seiner Mutter mit Maries Vater habe er nichts geahnt. Das eben Gehörte wäre ein großer Schock für ihn gewesen. Er habe alles falsch angepackt, habe menschlich versagt. Wie Cassandra in den Besitz des Medaillons gekommen sei, sei ihm ein Rätsel. Aber das würden sie ja hoffentlich morgen erfahren.

Als der Morgen schon fast graute, schlichen alle zu Bett. Alex fand keinen Schlaf, zu viele unverarbeitete Eindrücke spukten in seinem Kopf herum. Und als er endlich einschlief, wurde er von erschreckenden Träumen geplagt.

Ein Ausflug nach Esch-Sauer

Gegen Mittag hatten sich dann alle aus dem Bett gequält und Alex schlug seinem Damenkleeblatt nach dem späten gemeinsamen Frühstück vor, zur Ablenkung eine Tour nach Esch-Sauer zu unternehmen. Die drei Freundinnen sagten begeistert zu. Tessa war mit ihrer Klasse auf einem Ausflug, konnte so die kleine Gruppe nicht begleiten. Alex betätigte sich wieder als »Fremdenführer«. Kurz vor Ettelbrück bog er mit seinem Wagen nach Erpelding ab. Sie fuhren an der malerischen Sauer entlang, ließen Michelau hinter sich und steuerten Bourscheid an, um sich die renovierte Burg anzusehen.

Die Burg lag 150 Meter über dem Sauertal. Von hier aus bot sich ein atemberaubendes Panorama. Während die Damen die Natur auf sich einwirken ließen, ließ Alex die bewegte Geschichte der Burg vor ihnen auferstehen.

»Der Bau der Burg wurde im Jahr 1000 begonnen. Die Burggeschichte beginnt mit der Erwähnung von Bertram von Bourscheid. Im Laufe der Jahre kam es zu etlichen Vergrößerungen, was die unterschiedlichen Baustile erklärt. Der Luxemburger Staat erwarb 1972 die seit 1812 zerfallene Burgruine. Er finanzierte die Ausgrabungen und Restaurationsarbeiten. Inzwischen wird die Burg vom Verein ›Amis du Château de Bourscheid‹ verwaltet. Die Burg dient als begehrte Kulisse für Veranstaltungen unterschiedlichster Art, für Konzerte, Ausstellungen, Hochzeiten usw.«, erzählte Alex.

Danach ging es zügig weiter Richtung Esch-Sauer. Und wieder musste Alex erklären: »Esch-Sauer liegt unterhalb einer Burgruine am Fluss Sauer. Es liegt eingebettet in Wälder, typisch in dieser Gegend sind die Schieferfelswände. Esch-Sauer selbst ist ein sehr kleines Dorf, bildschön gelegen, mit wenigen Einwohnern. Es gehört seit 1999 zum Naturpark Obersauer.«

Die vier besuchten noch die ehemalige Tuchfabrik des Ortes und bestaunten anschließend die gewaltige Staumauer.

»Wann wurde der Stausee errichtet?«, wollte Rose wissen.

»Ich glaube, 1957«, erwiderte Alex. »1969 und 1991 wurde er jeweils entleert wegen Arbeiten an der Mauer. Das zog viele Schaulustige an. Mit der Flutung des Sauertals verschwanden ja vormals Höfe und Wohnungsgebäude auf dem Seegrund. In den Tiefen des Sees erhoffte man sich einige spektakuläre Funde. Der Stausee dient der Stromproduktion und Wasserversorgung. Außer in den Wasserschutzzonen sind viele Sportarten im See erlaubt. Ebenfalls gibt es ein Solarboot zum Entdecken der Vielfalt des Stausees.«

Die Zeit verging wie im Flug. Am späteren Nachmittag wurde es drückend schwül, ein Gewitter lag in der Luft. Auf der Terrasse eines Restaurants nahe dem Stausee verspeisten sie noch ein großes Eis, dann beeilten sie sich, den Rückweg anzutreten.

Alex musste bei dem Gedanken, wie unerwartet seine Ferien verliefen und welchen Spaß er mit diesen drei ›Mädels‹ etwas reiferen Alters hatte, still vor sich hinlächeln. Er kannte sie erst seit kurzem und trotzdem waren sie ihm schon sehr ans Herz gewachsen.

»Alex, weshalb grinst du so genüsslich?«, fragte Rose nach.

»Ich dachte daran, wie sehr ihr mir fehlen werdet, wenn ihr abreist.«

»Oh! Ist das etwa Vorfreude, uns bald los zu sein?«

»Nein, ihr seid mir echt ans Herz gewachsen. Indianer-ehrenwort!«, beteuerte Alex.

»Schlawiner, du willst uns um den Finger wickeln. Darauf fallen wir nicht rein«, lachte die gute Rose. Um dann ernst hinzuzufügen: »Ach, bin ich neugierig zu erfahren, was sich heute im Spital abgespielt hat.«

»Wir auch, Rosilein«, riefen alle im Chor.

Cassandra auf dem Weg der Besserung

Als sie sich vor dem Abendessen in der Bar einfanden, saßen Jeff und sein Onkel August schon dort und baten sie, bei ihnen Platz zu nehmen. Sein Vater, so berichtete Jeff, liege nun auch im Spital. Der alte Mann konnte die unglückseligen Enthüllungen nicht verkraften. Sein Herz habe verrückt gespielt, die Nerven lagen blank. Er war einfach umgekippt. Die Ärzte rieten dazu, ihn unter Beobachtung zu behalten. Cassandra ginge es den Umständen entsprechend gut. Sie habe eine Menge Glück im Unglück gehabt.

Dann holte er tief Luft und erzählte, was sie von Cassandra erfahren hatten: »Cassandra wurde von Carlos Martin, dem Chauffeur meiner Tante, niedergeschlagen. Sie hat ihn eindeutig wiedererkannt. Er forderte von ihr das Medaillon. Als sie darauf nicht reagierte, schlug er zu und drohte: ›Ich bring dich um, wenn du mir nicht sagst, wo dieses Scheißding ist.‹ Cassandra wehrte sich nach Kräften, war ihm aber unterlegen. Zum Glück bellte in der Nähe ein Hund, Carlos nahm wohl an, dass sich ihnen ein Spaziergänger mit Hund näherte. Er ließ von ihr ab und stieß sie den Hang hinab. Meine Tante beteuert, sie sei nicht die Anstifterin dieser Tat. Sie habe Carlos nur gebeten, Cassandras Zimmer nach dem Schmuck zu durchsuchen. Was er, wie wir wissen, ja erfolglos erledigt hat. Kommissar Haupert sieht das allerdings anders. Der Verdacht ist begründet, dass sie tatsächlich an Cassandras Überfall beteiligt ist. Ich weiß nicht, was ich glauben soll. Ich traue meiner Tante manche Untat zu, aber meist steht sie zu ihren Intrigen, redet sich nie heraus. Ich bin inzwischen davon überzeugt, dass diese Frau ohne Gewissen geboren worden ist. Von Carlos Martin fehlt jede Spur. Meine Tante befindet sich momentan in polizeilichem Gewahrsam. Ich habe einen Anwalt eingeschaltet, der bewirkt hat, dass ich sie morgen am Nachmittag wieder abholen kann. Ich muss mich allerdings dafür verbürgen, dass sie das Land nicht verlässt.«

»Und wie gelangte Cassandra in den Besitz des Medaillons?«, wollte Alex wissen.

»Das war ein Zufallsfund. Als sie sich nach dem Tod von May Abigail endlich dazu aufraffte, die Sachen ihrer Mutter zu ordnen und deren Haushalt aufzulösen, fand sie das Medaillon in deren Safe mitsamt einem Briefumschlag. Dieser Umschlag enthielt sämtliche Unterlagen zu den Geldüberweisungen ihrer Kusine und außerdem einen Brief, in dem Folgendes stand:

›Meine liebe May, lange haben wir uns nicht mehr gesehen, nichts mehr voneinander gehört, ewig lange. Beim letzten Mal warst du eine junge Frau. Inzwischen bin ich ein Greis, aber immerhin noch nicht so verkalkt, dass ich nicht eins und eins zusammenzählen könnte. Dein Kind ist Maries Kind. Ich wusste es von Anfang an. Maries langes Wegbleiben damals, um dir bei der Geburt beizustehen, war für mich die Bestätigung. Marie tut nie etwas im Sinne anderer. Es geht ihr immer nur einzig und allein um sich. Nun denn, vielleicht trage ich die Schuld an Maries Charakter. Ich habe ihr nie gezeigt, was für eine gute Tochter sie ist, ihr nie gesagt, wie erfolgreich sie die Geschäftsleitung *wahrnimmt. Ich habe ihr immer nur vermittelt, dass in meinen Augen dieser Posten einem Sohn, einem Mann, gebührt. Wie dem auch sei, es ist nun, wie es ist, nichts ist mehr rückgängig zu machen. Dieses Medaillon, das ich dir nun mit einem Boten zustellen lasse, soll deiner Tochter gehören, meiner Enkeltochter.*

Es soll ihre Zukunft sichern. Die Hälfte der Firma gehört nun ihr.

Dein Onkel.‹

Unterschrift, Firmenstempel

Wahrscheinlich hat May die Bedeutung dieses Medaillons überhaupt nicht erkannt. Wie sollte sie auch? Sie war ja keine Deprieux. Zudem hatte sie sicherlich Angst, irgendjemand von dem Besitz des Schmuckstücks zu erzählen. Auch als sie gegenüber Onkel August ihr Gewissen erleichterte, erwähnte sie das Medaillon mit keinem Wort.

Nachdem Cassandra nun das Medaillon und den Brief in den Händen hatte, wollte sie natürlich Erklärungen. Sie versuchte über Maries Sekretariat einen Termin für ein Treffen vereinbaren, was sich aber als eine Sache der Unmöglichkeit entpuppte. Irgendwann plauderte jedoch eine Sekretärin aus, Tante Marie verbringe momentan ihre Ferien in Luxemburg. Sie war auch so freundlich, die Adresse weiterzugeben. Den Rest wissen Sie ja.

Cassandra kannte nur Onkel August, der brieflich Kontakt mit ihrer Mutter hielt und diese einige Male besuchte. Ansonsten waren ihr die Deprieux' fremd. Ihre Mutter hatte ihr erzählt, ihr Vermögen stamme aus dem Erbe ihrer Mutter, also Cassandras Großmutter. Sie hatte nie erwähnt, dass ihre Familie sie enterbt hatte. May Abigail verwendete das Geld, das ihre Kusine ihr zukommen ließ, geschickt und gewinnbringend. Sie baute eine exklusive Modehauskette auf, die gutes Geld einbrachte. Für Cassandra schien die Welt in Ordnung. Sie nahm an, dass das Geld, mit dem ihre Mutter ihre zahllosen teuren Operationen für die Geschlechtsumwandlung bezahlte, aus den Einnahmen der gut florierenden Geschäfte und eben aus dem Familienvermögen stammte.

Sie hat nun zur Kenntnis genommen, wie die familiäre Konstellation wirklich aussieht: dass sie noch zwei Geschwister hat oder hatte, dass mein Vater Friedrich auch ihr Vater ist, Tante Marie ihre leibliche Mutter und dass ich ihr Halbbruder bin. Wie zu erwarten, hat die ganze Geschichte ihr sehr zugesetzt. Die ganze Wahrheit zu erfahren, ging fast über ihre Kräfte, so dass man ihr in der Klinik einen Psychiater zur Seite gestellt hat, der ihre neue Lebenssituation mit ihr aufarbeiten kann.«

»Das war eine gute Entscheidung«, nickte Emma. »Aber mit wessen Hilfe verarbeiten Sie diese Geschichte?«

Jeff ignorierte die Frage und fuhr fort: »Cassandra will mit uns Deprieux' nichts zu tun haben. Wenigstens im Moment. Ich hoffe sehr, sie ändert ihre Meinung, ich möchte sie gerne näher kennen lernen. So habe ich ihr das auch gesagt.«

»Lassen Sie Cassandra Zeit. Die Zeit heilt Wunden, das sagt man ja nicht umsonst«, meinte Emma.

»Ja, sicher. Und Ihnen, Alex, soll ich ausrichten, dass sie sich freuen würde, wenn Sie sie im Krankenhaus besuchen, sie möchte einiges mit Ihnen bereden.«

»Wegen des Medaillons?«

Jeff zuckte die Schultern: »Mehr hat sie mir nicht verraten.«

»In Ordnung, morgen fahre ich hin.«

»Ich hoffe, ich kann Cassandra noch überzeugen, zur Genesung mit mir nach Paris zu kommen! Morgen arrangiere ich ein Treffen mit allen, die in diesen Fall verwickelt sind. Ich tue mein Bestes, um alles so korrekt wie möglich zu regeln. Mein Gott, die Zeitungen werden voll sein von diesem Skandal.«

»Also, wir werden Stillschweigen bewahren. Und die anderen Beteiligten sicher auch.«

»Das ist ehrenhaft. Aber ich habe nicht vor, irgendetwas zu vertuschen und zu verschweigen, ich werde mich nicht erpressbar machen. Ich will alles aufarbeiten. Ich will Carlos Martin, den Handlanger meiner Tante, finden und meinen dritten, verschwundenen Halbbruder suchen. Tante Marie hat uns gestanden, May habe dieses Kind zu einem Kloster gebracht und dort vor der Tür abgelegt. Ich habe schon erste Informationen eingeholt, nur wurde in diesem Dorf, in dem sich das Kloster befand, nie ein Kind gefunden. Das Kloster besteht heute nicht mehr, es wurde vor etwa neun Jahren umgebaut und in ein Hotel umgewandelt. Aber ich werde nicht ruhen, bis ich Gewissheit über das Schicksal des letzten Drillings habe.«

»Eine ungeheuerliche, kaum glaubliche Geschichte ist das«, fasste August Deprieux zusammen. »Und Jeff, den keinerlei Schuld an diesem familiären Drama trifft, hat nun dessen Folgen zu tragen. Und wie ich ihn kenne, wird er auch noch seine Tante zu schützen suchen.«

»Vor der Verantwortung kann ich mich nicht verstecken. Marie Deprieux ist und bleibt meine Tante. Ich bin und bleibe ein Deprieux, ob mir das nun gefällt oder nicht. Davor kann ich nicht wegrennen. Ich bin durch Tante Maries Schule gegangen und wenn ich ehrlich bin, habe ich viele Sachen an ihr sogar bewundert. Denn eines muss man ihr zugestehen, für die Firma hat sie alles gegeben. Ich bin nicht wie Marie Deprieux. Das habe ich hauptsächlich meiner Mutter zu verdanken. Sie lehrte mich, einen klaren Kopf zu behalten und nur das zu tun, was ich mit meinem Gewissen vereinbaren kann. Gegen den Rausch des Geldes bin ich gewappnet. Ich werde diese Firma eines Tages leiten und ich kann nicht so tun, als ob dies mich alles nichts angehe. Dafür ist zu viel Leid geschehen. Meine Tante wird für ihre Taten geradestehen müssen. Ob sie allerdings Reue zeigt, wage ich zu bezweifeln. Wie will man auch Reue von einem Menschen verlangen, der nicht fähig ist, ein solches Gefühl überhaupt zu empfinden? Sie denkt auch jetzt noch, sie habe alles richtig gemacht, ist sich keiner Schuld bewusst. Mein Vater tut mir leid. Er hatte nie das Durchsetzungsvermögen der Deprieux', er wird das alles nicht verkraften.«

Nachdenklich fügte er hinzu: »Er, der dieser gewünschte Sohn war! Er wäre der Untauglichste für die Führung dieser Firma gewesen. Er hatte, wie ich schon sagte, kein Durchsetzungsvermögen.«

»Durchsetzungsvermögen?«, giftete Rose. »Kriminelle Ader würde ich das bei Frau Deprieux nennen.«

»So können Sie es auch bezeichnen«, sagte Jeff Deprieux mit einem schrägen Lächeln, »einzig Onkel August hatte den Mut, den Deprieux' zeitig den Rücken zu kehren, aber nun ist auch er mit in diese Geschichte verwickelt. Er ist und bleibt auch ein Deprieux. So ist das eben. Man kann seinen Wurzeln nicht ganz entfliehen. Nun muss ich mich aber verabschieden«, sagte er, einen Blick auf seine Uhr werfend. »Die Zeit rennt und ich habe noch viel zu erledigen.«

»Moment«, rief Rose. »Und haben Sie herausgefunden, wer den armen Hund Ihrer Tante getötet hat?«

»Der Tod des Hundes ist noch ungeklärt«, erwiderte Jeff.

»Carlos Martin?«

»Welchen Grund hätte der Lakai meiner Tante, so etwas zu tun? Das ergibt keinen Sinn. Genauso wenig Sinn ergibt es allerdings, dass er Cassandra wegen des Medaillons umbringen wollte. Das Medaillon, dessen Bedeutung und Wert er nicht mal kennt.«

»In der Tat, seltsam!«, murmelte Rose. »Kinder, mein Bauchgefühl sagt mir, diese Sache ist noch nicht ausgestanden. Da sind noch eine Menge Fragen offen.«

Nach dem Abendessen saßen Liam O'Connor, Daniel Duchamps, der Professor, Alex und die drei Damen noch zusammen bei einem Gläschen. Rose stöhnte: »Wenn das so weitergeht, ist meine Figur, für die ich so hart kämpfe, total dahin. Kinder, Kinder, das Essen ist einfach zu gut und der süffige Wein zu verlockend.«

Inzwischen hatten sie erfahren, dass Juliette Monet und ihre Familie auf Abstand zu den Deprieux' gegangen waren. Sie wollten mit diesem »Mief«, wie es Juliettes Mann ausdrückte, nichts zu tun haben. Juliette hätte ihren Bruder geliebt und an seiner Herkunft sei nie jemand interessiert gewesen. Das gelte auch heute noch. Diese schmutzigen Hintergründe würden sie am liebsten aus ihrem Gedächtnis streichen. Sie wollten so schnell wie möglich abreisen. Liam O'Connor und Daniel Duchamps äußerten, noch ein paar Tage in diesem schönen Haus verweilen zu wollen. Alles Schlechte habe auch sein Gutes, kommentierte der Pianist. Durch einen Irrtum sei er in diese Geschichte hineingeschlittert, am Ende habe dies hier aber wohl alles seinen Sinn. So wie alles einen Sinn habe im Leben.

»Daniel und ich werden den Vorschlag dieser netten Dame beherzigen«, sagte er auf Rose deutend, »und werden Gerards Erbschaft in einer Stiftung anlegen. Sie soll Kindern in Not zugutekommen. Vielleicht kann uns August Deprieux bei unserem Vorhaben beraten und unterstützen. Und noch etwas hat mir diese unverhoffte Auszeit von meinem Beruf gezeigt: Sie hat mich gelehrt, das normale Leben darüber nicht zu vergessen. Ich spielte bisher Klavier wie besessen und hatte schon fast vergessen, wie die Welt jenseits von Bühne und Studio aussieht. Dies wird sich nun ändern.«

»Dann halten Sie uns auf dem Laufenden«, meinte Rose zufrieden.

»Das werden wir«, versicherten die beiden.

»Sehen Sie«, sagte der Pianist, »wie viele Fremde sich hier trafen? Und am Ende sind alle, auch wenn teils ungewollt, miteinander verbunden. Wir werden uns sicher nicht aus den Augen verlieren. Wir haben neue Freunde gefunden, haben Diverses über die Facetten des menschlichen Seins erfahren. Das war uns bestimmt. Damit wir unser Denken erweitern. Weitsichtiger werden. Wir werden alle, dank der Vorgänge um Marie Deprieux, eine andere Einsicht und Ansicht zum Leben haben, wenn wir hier abreisen, vielleicht sogar andere Wege gehen. Alles hat seine Bestimmung in diesem Universum. Man muss nur genau hinsehen, hinhören, bereit sein zu lernen. Ach, was rede ich da! Das war ja schon fast die Predigt zum kommenden Sonntag …«, meinte er dann lachend.

»Aber Sie haben recht!«, pflichtete Emma dieser langen Rede bei.

Paris ruft: Probleme in der Firma

Am frühen Morgen gegen 6 Uhr klopfte es an Alex' Tür. Es war Jeff Deprieux. Er müsse dringend nach Paris, habe aber nicht wortlos abreisen wollen. Spätestens Montag sei er zurück. Seine Tante habe er aus dem Polizeigewahrsam abgeholt und wieder ins Hotel gebracht, von ihrem Chauffeur Carlos Martin fehle weiterhin jede Spur. Nachdem Jeff sich verabschiedet hatte, kroch Alex wieder ins Bett zurück, fand aber keinen Schlaf mehr. Heute Abend würde er das Fest genießen, nicht mehr an die Deprieux' denken. Auf das Fest würde Tessa ihn begleiten. Tessa! Er träumte mit offenen Augen vor sich hin. Seine Freundin Tessa war ein Teil seines Lebens. Tessa war als seine Vertraute nicht wegzudenken. Tessa war immer da, wenn er sie brauchte. Das Gleiche galt auch umgekehrt. Egal wie lange er im Ausland weilte, Tessas Zuneigung war der sichere Hafen, in den er zurückkehrte. Auch seine Tante liebte Tessa von ganzem Herzen. Aber was hatte Rose Varell kürzlich über sein Wesen gesagt? Er sei der geborene Träumer. Er sei ein Egoist! Ob er tatsächlich daran glaube, sie seien nur beste Freunde, er und Tessa? Ob er denke, Tessa verbringe ihr Leben damit, auf ihn zu warten, nur weil er Bindungsängste hätte. Bindungsängste! So ein Unsinn! Tessa war seine liebe gute Seelenverwandte. War sie wirklich nur das für ihn? Und wenn sie ihm morgen sagen würde: »Ich werde heiraten!«, was dann …? Ach, Unsinn, er schob den Gedanken zur Seite, wen sollte Tessa denn heiraten? Er begann sich über Roses Anspielungen zu ärgern. Was mischte sie sich überhaupt in seine Angelegenheiten? Und wieso war er eigentlich so ärgerlich darüber? Er ging ins Bad und beschloss zu frühstücken und dann Cassandra aufzusuchen. Die »Golden Girls« wollte er im Moment auf keinen Fall sehen. Er spürte noch immer eine leichte Verärgerung gegenüber Rose. Er durfte nicht vergessen, heute noch Tante Milla anzurufen. Sein ganzes Leben war er nur von Frauen umgeben gewesen. Wahrscheinlich hatte er sich deshalb so schnell mit Rose, Ulla und Emma angefreundet, in deren Gesellschaft er sich wohlfühlte. Er schüttelte den Kopf. Was zum Teufel war heute mit ihm los? Er brauchte dringend einen sehr starken Kaffee.

*

Er griff sich an den Kopf. Diese Schmerzen! Sie wurden unerträglich. Er müsste dringend einen Arzt aufsuchen. Dazu fehlte ihm aber die Zeit. Und außerdem: Welchen Sinn sollte ein Arztbesuch machen, es ging zu Ende. Niemand konnte ihm mehr helfen, höchstens Linderung verschaffen. Aber zuerst musste er diese Sache hier zu Ende bringen. Dies war seine allerletzte Chance. Er hatte sich dem Ziel schon so nahe gesehen. Aber dann hatte diese unvorhergesehene Menschenansammlung seine Pläne über den Haufen geworfen. Und was ihm alles zu Ohr gekommen war! Die Deprieux hatte ja noch viel mehr auf dem Kerbholz, als er es sich je hätte ausmalen können. Schließlich tauchte auch noch diese Cassandra Abigail auf. Auch ein Opfer der Deprieux. Aber darauf konnte er keine Rücksicht nehmen, die Zeit lief ihm davon. Als er hörte, dass sie einen Teil des Medaillons besaß, den Schlüssel zur Macht im Deprieux-Imperium, dachte er für einen Moment, es gäbe doch noch Gerechtigkeit auf der Welt. Aber nun war das Medaillon außer Reichweite, dieser Carlos hatte alles vermasselt. Dieser Idiot. Er musste seine Pläne ändern. Aber sie würde büßen, die alte Hexe. Seine Rache war das Einzige, was ihn noch am Leben hielt. Jeff Deprieux war nach Paris zurückgekehrt, wahrscheinlich hatten sie dort das Desaster inzwischen entdeckt. Das wenigstens war ihm gelungen. Er hatte sie untergraben wie ein Maulwurf. Viel Zeit, Geduld und Geschick hatte er aufwenden müssen, um seine Pläne umzusetzen. Und nun würde diese verhasste Familie eine Menge Geld verlieren. Dies war nicht mehr aufzuhalten, egal wie sehr der gute Jeff sich bemühen würde, den freien Fall der Firma aufzuhalten. Das Steuer war nicht mehr herumzureißen. Er lachte zufrieden, löste sein Medikament in einem Glas Wasser auf und erhoffte sich Linderung von dem kühlen Trunk. Wenn es wirkte, würde er wieder klar denken und planen können.

Ein Besuch bei Cassandra

Dank der frühen Morgenstunde gelang es Alex auf Anhieb, einen Parkplatz in der Nähe des Spitals zu finden. Cassandra freute sich über sein schnelles Kommen: »Hallo! Schön, Sie zu sehen. Zunächst muss ich mich aber ganz herzlich bei Ihnen und Ihren Freundinnen für die geleistete Hilfe bedanken. Sie waren meine Rettung.«

»Das war doch selbstverständlich«, winkte Alex bescheiden ab. »Dem Hund, der bellte, als Sie überfallen wurden, gebührt mehr Dank als uns.«

»Ich glaube fast, ich habe Sie bisher ein wenig hochnäsig behandelt ...«, meinte die Genesende. »Ich hoffe, Sie entschuldigen das.«

»Ach was, Stoff zu einem Bestseller haben Sie mir versprochen! Allem Anschein nach haben Sie sich alle Mühe gegeben, ihr Wort zu halten«, scherzte Alex.

»Alex, Sie kennen ja nun meine ganze Lebensgeschichte. Wie soll ich das nur jemals verwinden?«, klagte Cassandra. Und dann weinte sie hemmungslos und schluchzte: »Warum kann nicht wieder alles so wie früher sein? Warum musste ich unbedingt hierherkommen, um Klarheit zu einzufordern?«

Alex ließ sie weinen. Juliette Monet und ihre Familie kamen ihm in den Sinn. Sie hatten ähnlich wie Cassandra reagiert. Marie Deprieux' Worte klangen ihm in den Ohren. Sie hatte ihren Neffen Jeff aufgefordert, keine schlafenden Wölfe zu wecken. Die vormals heile Welt vieler Betroffener lag nun in Trümmern. Auch Cassandras Welt, die auf einer Lüge aufgebaut war, war wie ein Kartenhaus in sich zusammengefallen. Hinzu kam die bittere Tatsache, dass ihre leibliche Mutter sie weder damals noch heute als ihr Kind in ihre Arme schließen wollte. Dass Cassandras Schicksal sie nie berührt hatte und nie berühren würde. Cassandra fasste sich wieder und sagte:

»Vielen Dank, dass Sie das Medaillon an sich nahmen. Ich kannte seine Bedeutung nicht, ahnte nur, dass es einen großen Geldwert besitzt. Mir war aber schon klar, dass man mein Zimmer deswegen durchwühlt hatte. Als ich es Ihnen anvertraute, brachte ich Sie in große Gefahr.«

»Möglich! Aber das Medaillon lag am sichersten Ort der Welt, in Emma van Steedens Handtasche. Sie hätte es wie eine Löwin verteidigt. Und nun liegt es in einem Bankschließfach.«

»Ich möchte, dass Jeff es bekommt. Es gehört ihm. Er soll meiner Mutter die Stirn bieten, die Firma nach Recht und Gesetz führen. Ich will mit all den Machenschaften nichts zu tun haben. Ich warte ungeduldig auf den Augenblick, an dem ich das Krankenhaus verlassen und meine Arbeit in meinen Kunstgalerien wieder aufnehmen kann. Die Deprieux' mit ihrem Geld und ihren Intrigen können mir gestohlen bleiben.«

»Handeln Sie sich nicht voreilig, Cassandra. Jeff und August Deprieux liegt Ihr Schicksal sehr am Herzen. Und nun sind auch Sie ein Teil dieser Familie und ihrer Geschichte. Gehen Sie die Sache doch langsam an. Schauen Sie sich diese Leute an. Hören Sie, was sie zu sagen haben. Geben Sie ihnen eine Chance. Danach haben Sie immer noch die freie Wahl, sich gegen sie zu entscheiden. Sie sind doch eine selbstbewusste, intelligente Frau.«

»Vielleicht haben Sie ja recht. Zu verlieren habe ich ohnehin nichts mehr.«

»Das ist genau die richtige Einstellung. Nun, wo Sie die ganze Wahrheit kennen, können Sie nur noch gewinnen.«

»Die Ärzte haben mir einen Psychiater zur Seite gestellt, damit ich das Geschehene aufarbeiten kann.«

»Das hört sich gut an und wird Ihnen helfen. Ich werde, wenn Sie es wünschen, Jeff Deprieux das Medaillon aushändigen mit der Vorgabe, es zu verwalten, bis Sie klare Entscheidungen getroffen haben. Ihr Großvater wollte, und ich denke, das hat er sich gut überlegt, Sie und Jeff als gleichberechtigte Partner in der Firma sehen.«

»Mit Ihrem Vorschlag bin ich einverstanden. Ich will diese Firma aber trotzdem nicht.«

Beim Abschied versprach er wiederzukommen. Er war schon fast draußen, als Cassandra sagte: »Im Grunde hatte ich großes Glück, May Abigail als Mutter zu haben. Sie war eine wunderbare Mutter. Selbst meine Geschlechtsumwandlung hat sie immer unterstützt. Und diesen Schritt hätte ich ohne das Geld meiner leiblichen Mutter sicher nicht tun können. Meinen Brüdern erging es wohl nicht so gut, obwohl sie wahrscheinlich in jeder anderen Familie mehr geliebt wurden, als das bei unserer wahren Mutter je hätte der Fall sein können. Und Sie haben recht: Jeff, mein Halbbruder, ist in Ordnung, nicht wahr?«

»Das ist er. Sie schaffen das. Ganz sicher.«

Nachdenklich fuhr Alex zum »Bel Air« zurück. Wie

schnell das Leben sich doch wandeln und urplötzlich von einer anderen Seite zeigen konnte!

Der Park des Hotels war mit Lampions und Fackeln geschmückt. An den Bäumen hingen Lichterketten, auf den Tischen flackerten Windlichter. Ein Drei-Mann-Orchester spielte angenehme, leise Musik. Eine Firma aus Trier hatte am Nachmittag das Klavier des Hauses in den Park transportiert, da Liam O'Connor angeboten hatte, an diesem Abend ein Gratiskonzert für die Hotelgäste zu geben. Alex hatte die Arbeiten am Nachmittag von einer Parkbank aus beobachtet. Alles lief nach einem exakten Ablaufplan ab, er bewunderte die Unermüdlichkeit des Personals und den enormen Aufwand, den die Hotelleitung für die Umgestaltung des Parks in einen Festplatz betrieb. Die Arbeiten liefen ruhig und fließend ab, so als ob das alles keine Mühe koste. Es kam ihm vor wie im Märchen »Tischlein deck dich«, man sprach das Zauberwort aus und schon stand alles. Das Personal erledigte die Arbeiten sehr professionell, hatte aber immer noch Zeit zu einem kleinen Späßchen. Was er da gesehen hatte, war tolle Teamarbeit. Keiner der Gäste würde am Abend auch nur ahnen, wie viel Organisation so ein Abend bedurfte. Und zur späten Stunde, wenn alles vorbei war, musste der Flügel ja auch wieder zurück ins Haus transportiert werden. So ein teures Stück durfte die Nacht nicht im Freien verbringen. Welch ein Kostenaufwand!

Nun saßen sie hier an diesem schön gedeckten Tisch. Die Tische waren alle um den großen Springbrunnen, der hell erleuchtet war, platziert. Ein Buffet mit den auserlesensten Speisen war aufgebaut. Emma van Steeden schoss eine Menge Bilder zur Erinnerung an all diese Köstlichkeiten, die schnell den Weg auf die Teller der Gäste fanden. Es war ein wunderbar harmonischer Abend. Es wurde viel gegessen, getrunken, gelacht und diskutiert. Und getanzt. Vor allem tanzte Alex viel mit Tessa. Sein Ärger auf seine Freundin Rose war verflogen. Er fühlte sich heute wohl und zufrieden. Die Krönung des Abends bildete Liam O'Connors Auftritt. Der Applaus nach seiner Darbietung wollte schier kein Ende nehmen. Liam zierte sich dann auch nicht und gab unzählige Zugaben. Bei sternenklarer Nacht hob Alex sein Glas zum Toast und drückte seine Freude über diesen gelungenen Abend aus. Und Rose lud alle, Liam, Daniel, Alex, den Professor, Tessa, August und auch Tante Milla – wenn diese Lust hätte – ein, zu Weihnachten nach Bremen zu kommen. Alex fragte sich, wie groß ihr Haus sein müsste, um sie alle als Gäste aufzunehmen. Spät in der Nacht trollte sich die lustige, leicht beschwipste Gesellschaft auf ihre Zimmer. Nur Tessa fuhr, zu Roses großem Bedauern, den Berg zum Ort hoch nach Hause.

Am Sonntag verschliefen sie das Frühstück, was aber kein Drama war, da ab 12 Uhr ein Jazzkonzert mit Brunch vorgesehen war. Und wieder war das Personal munter und freundlich bei der Arbeit. August Deprieux trat an den Tisch der kleinen Gruppe und meinte: »Jeff hat zu Hause in der Firma eine Menge Probleme am Hals. Deshalb musste er zurück. Es ist schlimmer, als er dachte. Die erlittenen Verluste gehen in die Millionen. Jeff steht vor einem Rätsel, wie das Unternehmen in diese Lage hineingeraten konnte, die Sache ist aber nicht mehr zu stoppen. Ich selbst habe ja null Ahnung von Geschäften. Aber irgendwie kommt es knüppeldick für Jeff. Morgen Nachmittag wird er sich wieder hier einfinden.«

Am Nachmittag war Alex mit Tessa verabredet, allein diesmal. Die Damen wollten relaxen. Ulla buchte eine Hot-Stone- und Rose eine Gesichtsmassage. Emma wollte schwimmen gehen. Als Alex nicht zum Abendessen erschien, schöpfte Rose neue Hoffnungen, dass Tessa und Alex doch noch zueinander finden würden. Sie wurde aber sofort von Emma in ihre Schranken gewiesen.

Juliette Monet und ihre Familie waren zwischenzeitlich abgereist, ohne sich von irgendjemand zu verabschieden. Sie hatten sogar darauf bestanden, ihre Rechnung selbst zu begleichen.

Wiedersehen macht Freude

Jeff Deprieux kam schon am Montagmorgen unrasiert und unausgeschlafen im Hotel an. Er war sichtlich berührt, als Alex ihm von dem Inhalt seines Gesprächs mit Cassandra erzählte. Jeff berichtete, der Chauffeur Carlos Martin sei ausfindig gemacht worden und er müsse mit seiner Tante in Luxemburg-Stadt beim Polizeipräsidium vorstellig werden. Er zögerte einen Moment und fragte dann: »Alex, würden Sie mich begleiten?«

Und ob Alex das wollte. Er war nicht nur neugierig, wie die Geschichte ausgehen würde, sondern hatte inzwischen auch eine tiefe Sympathie zu Jeff Deprieux gefasst. Dessen Tante murmelte etwas Unfreundliches, als sie bemerkte, dass Alex mit in den Wagen stieg. Im Auto sprachen sie kein einziges Wort. Beim Aussteigen fragte die Firmenchefin:»Jeff, es gibt Probleme in der Firma? Welcher Art?«

Sie erhielt keine Antwort.

»Ich muss dich doch hoffentlich nicht daran erinnern, dass dies noch immer meine Firma ist? Und du nur mein Angestellter!«

Jeff ignorierte sie noch immer. Alex dachte: Na, da irre dich mal nicht. Jeff hat nun die Hälfte des Medaillons.

Der Hauptkommissar, der sie schon erwartete, war ein freundlicher Mann mittleren Alters. »Kommissar Haupert«, stellte er sich vor. »Carlos Martin ist an der belgischen Grenze festgenommen worden. Er wird jeden Moment überstellt. Er ist, wie ich Ihnen schon am Telefon sagte, kein unbeschriebenes Blatt. Er behauptet allerdings, Ihre Tante habe ihn zu dem Überfall auf Frau Abigail angestiftet. Angeblich, um ein Schmuckstück, das in den Familienbesitz der Deprieux' gehöre, von Frau Abigail zurückzufordern.« Er sah Jeff Deprieux fragend an.

Die Firmenpatriarchin starrte vor sich hin und schwieg. Dann aber entschloss sie sich, dem Kommissar zu antworten: »Der Schmuck ist ein Familienerbstück, das stimmt. Die Behauptung, ich hätte meinen Chauffeur zu einem Überfall auf Cassandra Abigail angestiftet, ist allerdings gelogen. Carlos sollte nur ihr Zimmer nach dem Schmuck durchsuchen. Mehr nicht.«

»Wie gelangte diese Frau denn an Ihren Schmuck?«

»Cassandra Abigail ist meine Tochter. Wir waren uns aber bis zum jetzigen Zeitpunkt unbekannt. Wie sie an den Schmuck kommt, das ist mir ein Rätsel. Das müssen Sie sie schon selbst fragen.«

»Das haben wir, aber Frau Abigail ist nicht sehr mitteilsam, sie sagte nur, den Schmuck habe sie im Nachlass ihrer Mutter gefunden. Und nun möchte ich Ihre Version der Geschichte hören, und zwar die vollständige Fassung. Denn ich gehe davon aus, dass Sie und Frau Abigail mehr wissen, als uns erzählt wurde. Fangen wir mit einer einfachen, naheliegenden Frage an: Sie sagten, Cassandra Abigail sei Ihre Tochter, wieso war sie Ihnen bis heute unbekannt?«

Stille.

Dann ergriff Jeff das Wort: »Das werden Sie erfahren. Die ganze Geschichte, die auch Teil meiner eigenen Familiengeschichte ist, ebenfalls. Ich werde sie Ihnen erzählen. Nur müssen Sie sich viel Zeit nehmen. Diese

Geschichte klingt wie ein schlechter Roman. Und sie ist sehr, sehr lang.«

»Ich habe alle Zeit der Welt«, erwiderte Kommissar Haupert. »Wollen Sie einen Anwalt als Beistand hinzuziehen?«

»Nicht nötig.«

»Bitte sprechen Sie.«

»Es begann vor fünfundvierzig Jahren …« Und Jeff erzählte.

Die Unterredung forderte ihren Tribut. Stunden vergingen. Als Marie Deprieux' Aussage schließlich protokolliert worden war und sie endlich in Richtung Hotel aufbrachen, war klar, dass die Firmenchefin nur kurzfristig auf freiem Fuß bleiben würde. Ihr herzloses Tun vor fünfundvierzig Jahren hatte sie eingeholt und würde Folgen haben. Noch nicht aufgeklärt war das Verschwinden des dritten von Marie Deprieux geborenen Kindes. Auch die Anschuldigung des Chauffeurs, seine Chefin habe ihn zu einem Mord anstiften wollen, war abschließend zu klären.

Unweit des Wagens von Jeff Deprieux stand ein Mann lässig an einen Baum gelehnt. Als sie sich näherten, trat er einige Schritte auf sie zu und zog, als sie sich direkt gegenüberstanden, eine Waffe. Eher irritiert als erschreckt blieben sie stehen, die Situation war nicht zu begreifen und schwierig einzuschätzen.

Der Mann sagte, an Marie Deprieux gewandt: »Hallo! So sieht man sich wieder. Da hat man Sie doch am Ende tatsächlich wieder in die Freiheit entlassen! Wie viel Geld musste Ihr Neffe dafür auf den Tisch legen? Aber ich versichere Ihnen, diese Freiheit kommt Sie teuer zu stehen. Sie werden mit Ihrem Leben bezahlen. Zuerst habe ich mir Ihr Unternehmen vorgenommen und zwei Ihrer Firmen schon abgeschossen. Nun sind Sie dran.«

»Wer sind Sie? Was wollen Sie?«, rief Jeff Deprieux und machte einen Schritt auf den Mann zu.

»Stehen bleiben!«, befahl der Bewaffnete. »Ich will das Leben von Marie Deprieux. Wenn ich mich Ihnen vorstellen und Ihre Erinnerung auffrischen darf, Madame: Mein Name lautet Guillaume Montessier, mein Vater war Philippe Montessier. Erinnern Sie sich, Madame?«

Die Firmenchefin fasste sich ans Herz, stammelte: »Deshalb kamen Sie mir so vertraut vor.«

»Ja, Madame, ich bin der Sohn des Mannes, den Sie unschuldig ins Gefängnis brachten und der bis zu seinem Tod darunter gelitten hat. Er erhängte sich im Gefängnis nachdem er jede Hoffnung auf Gerechtigkeit verloren hatte. Ich bin das Kind, das neben seiner Mutter stand, als Sie schrien: ,Dreckige Schlampe. Nun habe ich es dir heimgezahlt!' Und ich hatte ab jenem Tag nur noch einen Gedanken: Es Ihnen auch heimzuzahlen. Es hat lange gedauert, zu lange. Ich bin alt geworden, ich bin nicht mehr der kleine Junge von damals, der die Welt nicht mehr verstand. Aber nun bin ich am Ziel.«

»Montessier? Dieser Name sagt mir nichts«, versuchte Jeff abzulenken.

»Das mag sein, Sie sind zu jung, um die Zusammenhänge zu kennen«, erwiderte der Fremde. »Ich will Sie Ihnen erklären: Ihre Tante hatte die Absicht, meinen Vater zu heiraten. Doch er verschmähte sie, deshalb durfte auch keine andere ihn haben. Sie hat ihn unschuldig ins Gefängnis gebracht und sich dabei krimineller Methoden bedient. Sie hat unsere Familie zerstört. Und meine Rache wird mir keiner, auch Sie nicht, nehmen. Ich würde nämlich sonst auch Sie, ohne nur eine Sekunde zu zögern, erschießen. Ich habe nichts mehr zu verlieren.«

In diesem Moment richtete er die Waffe auf Marie Deprieux und schoss.

Das passierte im Bruchteil einer Sekunde und trotzdem kam es Alex später vor, als sei alles im Zeitlupentempo abgelaufen. Er war wie versteinert. Jeff fasste sich schneller und kniete sich neben seine Tante, um ihr beizustehen. Er forderte Alex auf, einen Krankenwagen zu rufen. Während Alex noch telefonierte, waren bereits einige Polizisten aus dem nahen Polizeigebäude herbeigeeilt, unter ihnen Kommissar Haupert. Einige Minuten später war der Krankenwagen zur Stelle. Aber sie brauchten Arzt und Krankenwagen nicht mehr. Marie Deprieux war tot.

Als Jeff sich zu der Sterbenden gebeugt hatte, waren ihre letzten Worte: »Er war die Liebe meines Lebens.«

Die Heimfahrt traten sie bei tiefster Dunkelheit an. Montessier hatte sich ohne Widerstand abführen lassen und ein umfassendes Geständnis abgelegt. Jeff und Alex verbrachten Stunden auf dem Polizeirevier zur Erledigung der Formalitäten. Ihre Zeugenaussagen und deren Protokollierung erwiesen sich als eine langwierige Sache. Als sie schließlich das Auto auf dem Parkplatz des Hotels abstellten, sah Alex, dass noch Licht in Emma van Steedens Zimmer brannte. Eine Welle der Erleichterung durchflutete ihn. Er hatte Rose noch vom Polizeipräsidium aus über die schrecklichen Ereignisse informiert. Auch Tessa hatte er versucht zu erreichen, aber vergebens. Sie hatte nicht zurückgerufen. Das war neu und gewöhnungsbedürftig für Alex.

Emma öffnete ihm die Tür, sah ihn an und zog ihn in ihre Arme. Genauso wie Tante Milla es immer tat, als er ein kleiner Junge war. Sie flüsterte: »Junge, was macht ihr denn für Sachen!«

Und Alex sagte mit zittriger Stimme zu den in Emmas Zimmer versammelten Frauen: »Es ist entsetzlich, man steht hilflos daneben und kann einfach nichts tun. Ich jedenfalls tat nichts, ich war wie gelähmt. Und dann ging alles so schnell, ein Schuss fiel und sie war tot. Von einer Sekunde zur anderen war ihr Leben ausgelöscht.«

»Komm, setz dich«, Emma zog ihn fürsorglich auf das Bett.

Alex war sichtlich verstört und sie ließen ihn reden und hörten ihm schweigend zu. So erfuhren die drei Freundinnen, was Kommissar Haupert inzwischen aus Carlos Martin herausgepresst hatte: dass der Chauffeur Montessiers Handlanger war, dass er es war, der den Hund getötet hatte, um Marie Deprieux in Angst und Schrecken zu versetzen. Auch der Überfall auf Cassandra Abigail ging auf sein Konto. Marie Deprieux hatte tatsächlich damit nichts zu tun. Den Auftrag gab Montessier, der Vergeltung für die Zerstörung seiner Familie üben wollte. Montessiers Vater war Maries Deprieux' große Liebe, er aber heiratete eine andere. Deren Eltern verfügten über noch umfangreichere Geschäftsverbindungen und noch ein größeres Vermögen als der alte Deprieux.

Unmittelbar nach Philippes Verheiratung startete die verschmähte Marie einen hässlichen, wohlgeplanten Rachefeldzug. Sie verfolgte ihr Ziel über Jahre hinweg.

Am Ende landete Philippe Montessier unschuldig für sehr viele Jahre hinter Gittern, wo er sich verbittert das Leben nahm. Sein Sohn, Guillaume Montessier, habe, wie er gestanden hatte, nur gelebt, um Marie Deprieux und ihr Imperium eines Tages zu vernichten. »Er hat einen Hirntumor und auch seine Stunden sind gezählt«, beendete Alex seinen Bericht.

»Vielleicht hat ihr Tod Marie Deprieux und ihrer Familie vieles erspart«, schlussfolgerte Ulla.

»Und die eiskalte Person hatte einen filmreifen Abgang«, sagte Rose bissig.

»Diese Szene rollt immer wieder vor meinen Augen ab«, seufzte Alex und bat Emma: »Es würde mich beruhigen, wenn ich heute Nacht nicht allein in meinem Zimmer schlafen müsste. Kann ich bei dir auf dem Sofa schlafen, Emma?«

Diese nickte und Alex fuhr fort: »Wie wohl Jeff Deprieux mit diesem Familiendrama und den Problemen im Unternehmen klarkommt? Wird er damit fertig werden?«

»Alex«, meinte Rose, »sorge dich nicht um Jeff Deprieux, das ist zwar ein netter Kerl, aber in dessen Adern fließt auch Deprieux-Blut. Die gehen nicht unter … außer sie werden erschossen.«

»Rose«, sagte Ulla entsetzt, »nun wirst du sarkastisch!«

»Alles wird gut, Junge«, beruhigte die bedächtige Emma Alex. »Du bleibst bei mir, ich passe auf dich auf und morgen sieht die Welt schon wieder anders aus.«

Am folgenden Morgen sah die Welt allerdings nicht viel anders aus. Die Stimmung blieb düster und angespannt.

Jeff Deprieux begab sich nach Paris zurück. Das Medaillon blieb vorerst im Schließfach. August Deprieux blieb im Hotel wohnen, um Sorge für seinen Bruder und Cassandra zu tragen, die sich noch immer im Spital befanden. Liam O'Connor und Daniel Duchamps gedachten am folgenden Tag abzureisen. Jeder musste wieder seiner Arbeit nachgehen. Alle, die sich unter so unglücklichen Umständen kennengelernt und angefreundet hatten, waren sich darüber einig, in Verbindung bleiben zu wollen. Alex schaute häufig verstohlen auf sein Telefon, denn von Tessa hatte er immer noch keine Nachricht.

Abends fragte Alex den Kellner, ob er ein wenig Klavier in der Piano-Bar spielen dürfe. Er hoffte, das würde ihn vielleicht von seinen trüben Gedanken ablenken. Lange hatte er schon nicht mehr in die Tasten gehauen. Nach dem ersten Titel urteilte Rose, er spiele himmlisch. Er spielte all die alten Schlager, die die »Mädels« mochten, und das Kleeblatt wippte begeistert mit. Bald schon füllte sich der Raum mit immer mehr Gästen. Alex schien in seinem Element. Ein gelungener Abend, es wird ihm bald besser gehen, ging es Emma durch den Kopf.

»Hat Tessa sich gemeldet?«, war Roses erste Frage am nächsten Morgen beim gemeinsamen Frühstück.

Nein, hatte sie nicht. Auch am Tag darauf meldete sie sich nicht. Alex hatte jedoch eine Neuigkeit zu verkünden: »Der Direktor des Hotels hat mich gefragt, ob ich nicht interessiert sei, dreimal wöchentlich abends in der Piano-Bar Klavier zu spielen. Das würde mir Riesenspaß machen! Aber nur unter der Bedingung, dass ich auf ein Honorar verzichten und stattdessen freie Kost und Logis im ›Bel Air‹ bekommen kann. Ich bin natürlich auch bereit bei Bedarf öfters zu spielen.«

»Und? Hat der Direktor deinen Vorschlag akzeptiert?«, fragten die Frauen.

»Ja, das hat er. Das erspart mir vorerst die Wohnungssuche. Außerdem habe ich gemerkt, wie sehr mir dieses Tastenklimpern, das ich von Kindheit auf liebte, doch fehlte. Und eine Wohnung suchen kann ich mir später immer noch.«

»Du bist und bleibst immer auf dem Sprung, nicht wahr, Alex?«, fragte Rose spöttisch.

»Wie meinst du das?«

»Ja, ich denke, dieses Arrangement kommt dir gerade recht. Du musst keinen langfristigen Mietvertrag abschließen, kannst zu jeder beliebigen Zeit wieder auf Reisen gehen.«

»Hör sofort auf, Rose!«, schimpfte Emma van Steeden.

Erst am folgenden Tag sandte Tessa eine Nachricht. Sie schrieb eine SMS mit folgendem Text: »Bin spontan mit Tommy nach Südfrankreich. Zeitpunkt meiner Rückkehr ungewiss. Melde mich.«

»Wer ist Tommy?«, fragte Rose. »Ich hatte mal einen Hund, der so hieß.«

Alex schaute betroffen drein und zuckte die Achseln: »Keine Ahnung. Wieso hat sie mir nicht gesagt, dass sie vorhat zu verreisen?«

Rose sah gen Himmel und verdrehte die Augen: »Ja, wieso wohl? Überleg doch mal! Wieso muss sie dich informieren, wenn sie spontan verreisen will mit einem Mann?«

Alex sah sie irritiert an: »Weil das bisher immer so war …«

»Aber dann ist es jetzt eben anders. Sie kann doch fahren, wohin sie will und mit wem sie will. Sie ist doch vogelfrei. Sie darf sich verlieben, in Urlaub fahren …«

»Verlieben? Aber davon wüsste ich doch. Wir haben keine Geheimnisse voreinander.«

Emma deutete Rose mit einer Kopfbewegung an, Ruhe zu geben. Rose war jedoch nicht mehr zu bremsen.

»Diesmal anscheinend schon«, konterte sie und teilte noch einen weiteren Seitenhieb aus: »Vielleicht bringt sie ihn ja Weihnachten mit nach Bremen. So kann sie ihn uns bei dieser Gelegenheit vorstellen, diesen Tommy.«

»Vorstellen? Also Rose, was redest du da? Nie und nimmer!«

»Alex, du hast ein Problem! Nur erkennst du es anscheinend nicht!«

Alex sah sie streitlustig an: »Doch, doch, ich verstehe dich schon. Du willst damit sagen, ich bin ein Trottel, der denkt, mir falle alles ohne Bemühungen in den Schoß, auch Tessas Freundschaft. So ist es doch, nicht wahr?«

»Selbsterkenntnis ist der erste Schritt zur Besserung«, kommentierte Rose.

Alex verfiel in Schweigen und starrte trübselig vor sich hin. Emma flüsterte Rose zu, ihn endlich in Ruhe zu lassen. Wolle sie am Ende ihres Aufenthalts noch einen Streit mit dem sympathischen Alex riskieren und ihre Freundschaft aufs Spiel setzen? Rose lächelte nur.

Alex schaute ins Leere, seine Gedanken schweiften ab: Tessa! Sie ging ihm nicht aus dem Kopf. Wer war dieser Tommy? Und was bedeutete dieses Gefühl, das er jetzt empfand? Ärger? Angst? Schmerz? Unsicherheit? Angst und Schmerz, durchfuhr es ihn. Aber wieso denn das? Er würde Tessa doch nie als Freundin verlieren, selbst wenn sie sich an einen anderen band. Oder fühlte er am Ende doch mehr als Freundschaft für sie? Hatte Rose recht? An Tessa zu denken, gab ihm Sicherheit, das war schon immer so. Das Zusammengehörigkeitsgefühl mit ihr war eine der Konstanten in seinem Leben. Einer war da für den anderen. Bedingungslos! War das etwa Liebe? Hatte er das nicht gesehen? Oder nicht sehen wollen? Und wenn sie nun tatsächlich einen anderen Mann in ihr Leben gelassen hatte? Er schaute zu Rose hinüber, die dasaß und mit wissendem Grinsen in den Himmel schaute.

Ende